小書痴的下剋上

為了成為圖書管理員不擇手段！

短篇集 II

香月美夜——著
椎名優 繪　許金玉 譯

本好きの下剋上
司書になるためには手段を選んでいられません
短編集 II

CONTENTS

短篇集II

伊娃視角・與侍從的初次見面

Kazuki Miya's commentary

原本只刊登在網路上的特別短篇。
時間點在第二部Ｉ開頭。伊娃視角。
法藍與吉魯開始接送梅茵以後，與伊娃的初次見面。
這時距離上次去神殿，
被神殿長威脅說要將他們「處刑」才剛過不久。
看見女兒突然帶著儀態良好的兩人回來，
一直以來只在平民區生活的伊娃會作何感想呢？

小小幕後筆記

在為動畫版藍光構思特典短篇時，這是另一個方案。由於後來採用了戴莉雅視角的短篇，這則短篇未被採用，便放到了網路上。

「媽媽，我回來了。」

正在水井廣場汲水時，梅茵的喊聲從背後傳來。看來是從神殿回來了。我提著裝了水的桶子回過頭，不意外地看見了梅茵與路茲。

「梅茵、路茲，你們回來啦……這兩位是？」

但讓人意外的是，有兩個我沒見過的人和他們一起回來。一個是和路茲差不多大的少年，一個是看來還很年輕的成年男子。兩人身上的衣服做工精良，站姿筆挺，表情都不太自在地打量著四周。從這幾點就能看出兩人不是這一帶的居民，多半來自奇爾博塔商會所在的富人區那一帶吧。

……難道又出了什麼事……？

想起以前梅茵曾在路上突然暈倒，結果被身穿奇爾博塔商會制服的都帕里抱回家來。後來聽說也給珂琳娜夫人造成了困擾時，我只感到眼前一片漆黑。

「梅茵，妳這次又做了什麼好事？」

「我什麼都沒做喔。媽媽，妳太過分了，怎麼一開口就懷疑我嘛！」

儘管梅茵大聲抗議，但她肯定是做了什麼事情，才讓穿著這麼得體的人不得不跑一趟貧民區。我轉頭看向路茲，只見他先是對氣呼呼的梅茵說：「誰教妳平常老是惹麻煩嘛。」然後才轉向我。

「伊娃阿姨，妳放心吧，今天梅茵沒有惹出任何麻煩。」

「哎呀，是嗎？」

「媽媽，妳都只相信路茲。」

我沒理會在旁邊大發牢騷的梅茵，與路茲繼續交談。

「那麼這兩位是……？」

「我把他們帶過來，是想向伊娃阿姨介紹一下，因為以後會經常請他們接送。」

「我們要不要先回家？」

梅茵看了看四周以後說道，似乎是在擔心鄰居們的眼光。發現大家都好奇地看著我們這邊，我於是點點頭。既然說了他們會接送梅茵，代表是神殿那邊的人吧。這種事情不方便在外向人說明。

進到家裡以後，只見兩人的表情有些僵硬，感到新奇地環顧住家。少年的好奇心似乎比較旺盛，但成年男子卻是有些愁眉苦臉，像是十分嫌棄的樣子。畢竟我們家和整潔美麗的神殿大不相同，他們會感到不舒服也是很正常的事情吧。

……雖然路茲說了他們會接送梅茵，但如果請兩人送到水井廣場就好，不必送進家裡來，應該彼此都會比較自在吧。

我正苦惱著不知該怎麼招待來自神殿的兩人時，梅茵倒是完全不以為意，開始向我介紹兩人。

「神官長之前不是說過，見習青衣巫女身邊都要有侍從跟著嗎？他們就是我的侍從喔，名字分別是法藍和吉魯。」

「我是法藍，他是吉魯，還請您不吝賜教。」

接著兩人突然跪下來，在胸前交叉雙手。我大吃一驚地後退一步，加上不曉得他們

這是在做什麼，警戒地按著梅茵的肩膀，把她藏到自己身後。

「媽媽，妳別害怕。那個……他們只是在表達敬意。」

梅茵「哎呀～」地扶著額頭，從我身後走出來，上前輕拍了拍跪在地上的兩人的肩膀。

「法藍、吉魯，拜託你們別在我家行禮，會嚇到媽媽的。」

「可是……」

「沒關係，請配合平民區的風俗。」

法藍似乎還想反駁，但被梅茵制止後，便說著「遵命」站起來。我這才稍微鬆了口氣。因為就算那是表達敬意的動作，但看到兩人跪在我們家地上，我滿腦子只擔心著這會弄髒他們那身乾淨的衣服。

……瞧，褲子膝蓋那邊都變成白色的了。

「媽媽，法藍是奉神官長的命令，必須在秋天之前能夠控管我的身體狀況喔。」

「而且就像阿姨之前擔心過的，我有時候因為工作的關係，不一定有辦法送梅茵去神殿，這種時候他們就可以幫忙。」

路茲一臉過意不去地說。神殿離我們家很遠，有時就算梅茵的身體狀況看起來很不錯，但還是有可能走到一半就身體不舒服，所以我們不能讓她一個人出門。不過，沒想到神官長還特地派了兩名侍從跟在梅茵身邊，看來真的照著在神殿裡答應過我們的，他會盡最大努力照顧好梅茵。

「那個，阿姨可能會覺得他們是神殿派來監視的，但他們都是好人喔，希望妳能信任他們。而且因為會被鄰居看到，我們打算隱瞞他們神殿侍從的身分，只說是奇爾博塔商會的員工，希望阿姨也能跟我們統一成一樣的說法。」

「路茲，謝謝你為梅茵設想了這麼多，但你還是先做好自己的工作吧，你不用勉強自己照顧梅茵。」

其實不管是往來住家與神殿的接送，還是管理梅茵的身體狀況，這些本來都是我們家人以及神殿人員該做的事。路茲人再好，也不能老是這麼麻煩他，更不能影響到他的工作。我說完後，路茲搖了搖頭。

「沒關係，因為老爺也吩咐過了，要我與梅茵保持往來，所以照顧她也算是我的工作之一。而且反倒是這份工作被搶走了，我會很困擾……」

路茲告訴我，奇爾博塔商會的班諾先生非常重視梅茵構思的商品，所以他希望路茲與梅茵的關係越緊密越好。

……這麼說起來，梅茵之前還在珂琳娜夫人家裡進行了驚人的交易呢。

想起當時的交易金額大到讓人頭皮發麻，我決定還是別插嘴干涉商人世界的事情。畢竟路茲如果願意照顧梅茵，確實幫了我們大忙。

「我知道了，那就交給路茲與兩位，以後就麻煩你們了。」

聞言，路茲露出鬆了口氣的笑容，轉頭看向法藍和吉魯。兩人臉上的僵硬表情也柔和下來，互相說著「太好了」。從這反應來看，顯然並不覺得是接下了苦差事。

……哎呀？

原來兩人的愁眉苦臉，似乎並不是因為我們家與神殿太過不同，而是因為第一次來訪，又不知道我是否會接納他們，所以只是在緊張而已。

……原來先有成見的人是我啊。

我接著想起路茲剛才說過，他們都是好人，要我信任他們，這次我以更加帶有善意的眼光，重新打量起與梅茵討論著今後行程的法藍和吉魯。除了打扮乾淨得體，講話與動作也都文質彬彬。如果以後兩人將在這一帶出入，肯定有好一段時間會成為左鄰右舍注目的焦點吧。

……看來明天有回答不完的問題了。

里克視角・變化的開端

Kazuki Miya's commentary

原本只刊登在網路上的特別短篇。
時間點在第二部 I 左右。
主角為當時人在孤兒院底樓的孩子里克。
從孤兒院孩童的角度，描寫了他們能夠離開底樓的契機。
由於本人不太記得自己的名字，加上誰也沒有開口叫過，
因此雖然設定上有名字，
但本傳當中從未出現過里克這個名字。

小小幕後筆記

這篇寫好後本來是要收錄在漫畫裡頭，但因為漫畫是小朋友也會翻閱的讀物，這則短篇的內容卻太過黑暗，所以未被採用，便放到了網路上。至於後來變得活蹦亂跳的里克，請至漫畫版第二部第三集的特別短篇裡親眼看看吧。

陽光從高得只有大人能伸手碰到的窗戶灑落進來，早晨的柔和陽光逐漸增強以後，氣溫也跟著上升，陽光一點一點地落在牆壁上。看著和窗戶一樣的方形光塊，我意識模糊地思考起來。

……時間快到了吧？

透過鐘聲與陽光落在牆上的位置，我大約可以知道現在是什麼時候。再過不久，神的恩惠應該就會送來。

……好餓。

住在孤兒院底樓裡的就只有受洗前的孩子，除了等待神的恩惠送來，沒有其他事情可做。而且亂動只會讓肚子更餓，更熱得無法忍受，所以沒有半個人動來動去，也沒有人開口說話。屋裡只聽得見有人稍微挪動身體以後，與稻草摩擦所發出的聲音。

由於一直盯著從窗戶透進來的耀眼陽光，我的眼睛開始感到刺痛，於是合上眼皮，慢慢地翻了個身。現在天氣悶熱，又因為渾身冒汗的關係，臉和身體都黏著當作睡鋪用的稻草。明明很不舒服，卻也使不出力氣伸手撥開。

寒冷冬天時當作被子使用的布料，現在則鋪在身體下面。由於太不舒服了，我開始用身體去蹭地上那條髒兮兮的布料，把稻草抹掉。

……大家都去哪裡了呢？

雖然記憶已經模糊不清，但記得以前屋裡會有灰衣巫女在，還會為底樓的孩子們擦洗身體、打掃房間和準備三餐。那時候孩子們也不會像現在這樣只是躺著不動，而是在房間裡跑來跑去，一會兒跳下床，一會兒爬上桌子，充斥著笑聲和喝斥聲。

我回想著這些事情，同時目不轉睛地望著房門。門後有一道樓梯。而那扇門只有得到許可的人可以出入，他們會負責把即將受洗的孩子帶走，或是送來神的恩惠。

……好遠喔。

躺在房門附近的，都是屋子裡體型比較大的孩子們。自己因為身體最瘦小，被趕到了遠處的角落。也因為這個原因，每次都要多花一點時間才能吃到神的恩惠，還很容易被其他孩子搶走。

……還沒到嗎？

每次負責送來神的恩惠的，都是離開這裡後成了見習灰衣巫女的人。

早上來的時候，她們會打開窗戶、把便盆換新、收走昨晚的餐具，然後留下水和早餐。中午則是只換副餐具，到了晚上又重新關上窗戶、換副餐具，留下飲用水。

每天都是這樣的流程一再重複。

「如果不是因為輪到自己，我根本不想靠近這裡半步。」

「畢竟這是見習巫女的工作，我們也只能接受嘛。羅吉娜，等一下麻煩妳開窗。」

「不了，我負責擺餐盤，請妳去開窗戶吧。」

「哎呀，羅吉娜，我已經負責把這些餐盤端過來了吧？妳也太任性了。」

「……別吵了，我們快點把工作做完吧。我想趕快離開這裡。」

門外傳來交談聲。是神的恩惠。底樓裡的孩子們開始緩慢爬行，努力往桌子靠近。為了吃到飯，絕對不能輸給其他人。

三名見習灰衣巫女分工合作，把餐盤擺在桌上，接著打開窗戶、撿起散落一地的餐具後，便迅速退了出去。

要吃到這頓飯可以說是困難重重。因為她們一定會把餐盤擺在桌上，但對於連要移動身體都很費力的我來說，要爬上椅子、拿到餐盤並不容易。我拚了命地伸長手，抓住盤子。不快點拿到的話，就會被其他孩子搶走。眼看有手從旁邊伸過來，為了保護自己的食物，我把盤子往外一推。

「……嗚！」

滾落的盤子發出了「哐啷」聲響，吸了湯汁的麵包則是「吧答」一聲掉落在地。我連跌帶爬地從椅子來到地板上，使出所有力氣伸長手，把麵包塞進口中，湯汁的味道慢慢地在嘴裡擴散開來。雖然因為沾到了泥沙，嘴裡滿是沙粒，但就連沙粒我也覺得有湯的味道。

……啊，吃完了。

等了這麼久的神的恩惠，就只是一小塊吸了湯汁的麵包。由於量總是太少，根本填不飽肚子，我再緩慢地爬向滾到地上的盤子，拿起來一直舔到嘗不出味道為止。

四周沒有了半點帶有食物味道的東西後，我便重新躺下來，繼續等待神的恩惠。

……唉，這次沒搶到。

湯匙還是被隔壁的男孩子搶走了。他是這個房間裡最有活力的孩子，現在正待在桌子旁邊，心滿意足地舔著含在口中的兩支湯匙。今天只搶到餐盤讓我很不甘心。

……下一次神的恩惠……

我看向灑在牆面上的陽光。看來還要很長一段時間以後。

鐘響後沒過多久，我聽見有小孩子的聲音往這裡靠近。今天是平民要來神殿的日子嗎？窗戶開著時，偶爾可以聽見外頭的聲音，但平常很少在這個時間聽見聲響。

緊接著外頭響起「喀嘰、喀噹」的聲音，沿著牆壁傳來的振動聲讓我嚇得一震。發生什麼事了？比起害怕，我更感到神奇地注視著聲音傳來的方向。

伴隨著感覺很沉的嘰嘰聲響，牆壁上開了一個大洞。由於至今從來沒人打開過，我都不知道原來那裡有門。刺眼的夏季陽光和清爽的沁涼空氣瞬間灌了進來，感覺得出屋內的悶熱空氣開始流動。

徹底打開的門外出現人影。在依然躺著的我眼中，看見了兩個人的腳。「唔！」與「咿！」的吸氣聲接連傳來，同時那兩雙腳微微動了動。

隨後，在明亮日光中發出「咚咚」聲落地的東西，散發出了馥郁的香氣。是神的恩惠的味道。

和平常不一樣的時間，從和平常不一樣的門送來的神的恩惠。

由於自己的所在位置離通往樓梯的那一扇門最遠，因此反倒離突然打開的這扇門最近。往自己滾來的神的恩惠就在眼前，為了趕在被其他人搶走前拿到，我使出最快的速度爬行，然後大口咬下有著好聞香氣的食物。

看起來像是麵包，但跟自己平常吃的麵包又不太一樣，鬆鬆軟軟的十分好咬。就算沒有泡過湯汁，沒什麼力氣的自己也能咀嚼吞嚥。

……好厲害！

雖然嘴裡變得乾巴巴的，但現在沒有時間管渴不渴了。因為我擔心神的恩惠在喝水時被搶走，於是渾然忘我地繼續吃麵包。忽然間，像有某種大型物體倒地的聲音響起，緊接著是某個人的叫喊：「梅茵大人！」但對此我也毫不理會。

……好好吃。

「梅茵大人、梅茵大人！」

那個人帶著哭腔這麼喊道，同時把我們拖回屋裡去，重新關上門。由於大家都只顧著吃東西，所以被拉進屋裡時誰也沒有抵抗，期間更是沒有鬆開神的恩惠。

……啊，沒了。

不知道是因為一下子吃了太多東西，還是因為吃了和平常不一樣的食物，後來肚子有點痛。但是，我心裡非常滿足。下次不知道是什麼時候才能吃到這麼多食物了。

而且比起平常神的恩惠，剛才的麵包明顯要更香甜且美味，明明沒有泡過湯汁也又鬆軟又好咬。喝過水後，我躺在床上來回翻身，不停反芻還留在嘴裡的餘味，再一次注視起照在牆上的光芒。

深夜。晚上見習灰衣巫女送過神的恩惠以後，忽然間我又聽見「喀嘰、喀噹」的聲響。從和白天一樣的地方，傳來了一樣的聲音。接著那扇門嘰嘰打開，有個孩子帶著散發出香氣的食物，躡手躡腳地走進來。

「噓……我是梅茵大人的見習侍從，叫作吉魯。因為我是男孩子，被人看到我出入這裡的話會挨罵，所以你們要幫我保密喔。」

如果只要保密就有東西吃，那我當然不會說出去。屋裡的孩子們大概也是一樣的想法吧，只見大家都安靜地點點頭。

「這些是梅茵大人提供的食物。首先得讓你們吃飽東西、養足體力，不然也沒力氣洗淨身體。」

吉魯把湯和麵包分裝至盤子裡。雖然平均地往每個盤子都裝了一樣的量，但與平常神的恩惠不同，盤子有好多個。

「你手髒兮兮的……啊，不可以用手抓，吃的時候要用湯匙。」

「喂，神的恩惠是平等的，不可以搶別人的食物。」

明明只是在吃神的恩惠，吉魯卻不停地開口糾正我們。由於已經很久沒有人照顧我們，所以我無法理解只是吃東西而已，吉魯為什麼要這樣大發牢騷。但是不知為何，體型比較大、也比我年長的孩子們都高興地小聲說：「瑪娣以前經常這麼說。」因為平常太少說話，大家的聲音都變得細小且沙啞，但吉魯還是聽見了，有些嚇到似地眨眨眼睛後，咧嘴一笑。

「我以前也被瑪娣照顧過。對於用餐的禮儀，她要求得很嚴格吧？」

……瑪娣是誰？

雖然不知道他們在說什麼，但這段吃著神的恩惠的時間讓人十分開心。已經好久不用擔心食物被人搶走，又能吃得飽飽的了。

「雖然只有晚上，但我明天會再過來，因為這是梅茵大人的吩咐。那晚安。」

吉魯和來的時候一樣，躡手躡腳地離開了。聽起來，以後他每天晚上都會偷偷來送梅茵大人提供的恩惠。我的嘴角不由自主揚起後，感覺到了臉部有些僵硬。

「他說明天會再來耶……」

「還跟我們說了晚安……」

大概是因為填飽了肚子的關係，也可能是因為和吉魯講了一些話，大家難得地小聲交談了幾句。

肚子飽了以後，我在稻草上躺下來。明明現在是晚上，我卻覺得房間看起來好像比平常還要明亮。

於是我慢慢轉過頭，發現窗外一片明亮，原來是月亮灑下了潔白的光輝。我目不轉睛地盯著高掛在夜空中的皎潔明月，不知道為什麼，淚水自己滑下了眼眶。

布倫希爾德視角・羅潔梅茵大人與染布的展示會

原本只刊登在網路上的特別短篇。
時間點在第四部Ⅴ中段。
布倫希爾德視角。
從上級見習侍從的角度來描寫染布比賽。
尤其羅潔梅茵與眾人的互動明明是雞同鴨講，
讓人看得膽顫心驚，
卻又進展得莫名順利。

小小幕後筆記

原本這則短篇曾收錄在本傳裡頭，但因為實在太過突兀，便移到了網路上的短篇放置區。希望大家能感受到羅潔梅茵與貴族在常識上的差異。

從小便被視為下任基貝・葛雷修養育長大的我，之所以會萌生想要服侍羅潔梅茵大人的念頭，除了因為她是領主一族，也因為她小小年紀便能創造流行。舉凡餐點、教學方式、印刷業、服飾與音樂，羅潔梅茵大人都推出了與眾不同的新流行。我希望能在貴族院內進行推廣，提升艾倫菲斯特的影響力。

事實上，羅潔梅茵大人推出的新流行也在貴族院內廣受好評，甚至與中央以及庫拉森博克進行了交易，達成驚人的創舉。因此我認為應該要更大力地推廣至各地，但卻聽聞平民已抽不出時間製造更多的商品。「反正有這麼多平民，那就讓他們投入大量人力去製作呀？」但在我這麼表示後，羅潔梅茵大人卻是蹙起了眉，緩緩搖頭。

「如果有人說，反正我有這麼多近侍，那可以讓他們去做其他事情，然後只留下布倫希爾德一個人，其他人則是去做其他工作。那麼妳想想，到時候會是怎樣的情況呢？而且這種情況還不是一時的，而是妳今後都要一個人做所有工作……」

「我一個人是無法完成所有工作的。」

「這點平民也一樣。」我這麼回答後，羅潔梅茵大人便說道。

「農民要耕作，工匠要製作客人訂做的物品，士兵要維持治安，商人則要買賣商品，他們各有自己的工作。雖然我們現在正在建造新工坊，但不能因為他們是平民，就隨意使喚他們。就連有魔力的貴族都無法獨力完成所有工作了，那我們也不該對平民施以過重的負擔。」

但只要向平民下令，他們便會聽命行事。我從未想過平民有沒有難處、會不會對他們的工作造成影響，更何況，他們總是可以達到要求。對於說著「不能給平民造成太大負擔」的羅潔梅茵大人，坦白說我無法理解。

……反正下了命令以後，他們就會自己找到辦法吧。

人稱艾倫菲斯特聖女的羅潔梅茵大人因為在神殿長大，有時總會讓人難以理解她的言行。好比就讀貴族院時，我與黎希達便經常一起偏頭不解；先前在我老家葛雷修要發展印刷業時，她也教我大吃一驚。因為羅潔梅茵大人竟然說她要親自前往平民區，向平民工匠下達指示。當時就連哈特姆特與菲里妮也面露些許難色，但兩人隨即抬起頭來，像是做好了覺悟一般，跟上羅潔梅茵大人。

若不是父親大人吩咐過我：「一定要跟著羅潔梅茵大人一起行動。」再加上羅潔梅茵大人也問我：「這是將在葛雷修開始發展的新事業，妳不親眼確認嗎？」否則我根本不會踏進平民區。

當羅潔梅茵大人一副理所當然的樣子前往平民區確認時，要跟隨她的腳步真的非常困難。因為平民區就是一處不堪入目的汙穢之地：街道又髒又臭，平民的舉止也粗鄙得毫無品行可言，再加上還蓬頭垢面。

「如果艾倫菲斯特的平民區能維持整潔美觀，這便會影響到他領商人對奧伯．艾倫菲斯特的評價。同樣的道理，這裡也是葛雷修的一部分，所以本該由基貝．葛雷修妥善進行管理喔。」

羅潔梅茵大人輕聲笑著，向我轉述奧伯．艾倫菲斯特說過的話。她說如果只把貴族生活的區域打理得乾淨整潔，對於平民區卻放任不管，這種情況就等同是我們只整理了宅邸裡接待客人用的會客室與臥房，卻任由庭院與玄關雜草叢生。

此外羅潔梅茵大人在巡視平民區時，為了讓古騰堡們工作起來能更順利，可以說是煞費苦心。可以看出羅潔梅茵大人與古騰堡之間有著難以撼動的信賴，是那種只要簡單交談幾句便能心領神會的理想主從關係。連我們這些貴族近侍都還未與羅潔梅茵大人建立起這樣的信賴關係，因此親眼見識到後，我內心大感不可思議。

「羅潔梅茵大人也與神殿的侍從們建立起了理想的主從關係喔。果然是需要時間與相互的了解吧。」

身為上級貴族卻會出入神殿的哈特姆特，這麼說著輕聳了聳肩。他還說神殿的侍從都能同時消化侍從與文官這兩種工作，然後再做分工：有人負責管理孤兒院，有人負責管理羅潔梅茵大人的工坊，有人負責與平民區聯繫，有人負責協助羅潔梅茵大人處理神殿長的公務。

「我會一邊學習法藍他們的做事方式，一邊分享文官在城堡是如何工作，便能非常順暢地進行溝通。羅潔梅茵大人因為在神殿長大，雖然確實需要適應貴族的行事作風，但若想得到她的信賴、建立起和睦的主從關係，我們也必須主動往她靠近……而且從今往後，艾倫菲斯特多半會以羅潔梅茵大人為中心蓬勃發展吧，畢竟羅潔梅茵大人千真萬確是艾倫菲斯特的聖女。」

自從開始出入神殿，哈特姆特將羅潔梅茵大人推崇為聖女的行為更是變本加厲，說著這些話時臉上還帶著無比確信的笑容。

……神殿的侍從嗎？

不過就是原為孤兒的灰衣神官與灰衣巫女吧。原本我始終毫無興趣，但哈特姆特與菲里妮一再稱讚他們表現優秀，再加上看到兩人總是不以為苦、神情愉快地前往神殿，我內心湧起了些許興趣。

正好在這時候，安排好了要對染布的展示進行討論，與相關商會人員談話的地點不在城堡，而是在神殿。明明神殿那般遭人忌諱，其他近侍同伴與艾薇拉大人卻都泰然自若地走了進去。不能只有我一個人被留在原地，於是我戰戰兢兢地起腳走進神殿。

如同一直以來聽說的，神殿確實和城堡一樣一塵不染，家具的水準也與上級貴族所使用的不相上下。羅潔梅茵大人的侍從所泡的茶與端來的點心也都十分美味，看得出來她真的過著與在城堡幾無二致的生活。

「法藍接受過斐迪南大人的指導，工作能力也得到了很優秀的評價喔。」

羅潔梅茵大人露出得意笑容，如此誇讚自己神殿的侍從。那真誠的讚賞令人不覺莞爾，但同時內心深處也生起了一絲焦急。我是否也能成為讓主人引以為傲的侍從呢？

而且，明明是為了展示染布要舉辦茶會，這還是第一次在規劃流程時採納了商人的意見。儘管我為之不知所措，艾薇拉大人卻是向商人詢問了羅潔梅茵大人有什麼要求，再極有貴族風範地下達指示。我真切地感受到，若不習得艾薇拉大人這種懂得變通的社交手腕，恐怕我將無法勝任羅潔梅茵大人的近侍一職。

始終在一旁安靜沉思著的羅潔梅茵大人，這時突然大喊：「文藝復興！」於是與服飾有關的專屬稱號便決定是文藝復興了。但是，羅潔梅茵大人的表情仍十分苦惱，這副模樣讓我有些在意。

……她對這個稱號還不滿意嗎？

到了展示染布的茶會當天，奇爾博塔商會一行人在預定好的時間抵達，緊接著，他們開始設置造型奇特的木框。可是先前討論的時候，從沒說過要設置這種東西，我與艾薇拉大人面面相覷。

「歐托，那些木框是怎麼回事呢？」

「因為今天雖說是展示會，要展示以新染法製成的布料，但其實更可以說是茶會。為了讓坐在一段距離外的賓客也能看到所有布料，這是我們想出來的辦法。」

一般若要把布料掛在牆上當裝飾，都會使用掛毯那一類的大型作品，或是把裱了框的布料當作樣品掛起來，之後再去觸摸實際的布料。然而，奇爾博塔商會的想法似乎與我們有不小的出入。艾薇拉大人的想法顯然和我一樣，而支持奇爾博塔商會的羅潔梅茵大人則是與他們持相同看法。

明明討論過也商量好了，雙方的溝通卻還是出了問題。其實這時大可以表示：「這跟說好的不一樣。」然後要求奇爾博塔商會撤掉木框。換作平常我們也早就這麼做了吧，但這次是羅潔梅茵大人發起的活動，她也不認為這麼做有哪裡奇怪。

……這次就採用羅潔梅茵大人的做法吧。

我以眼神這樣示意後，艾薇拉大人也面露無奈地輕嘆口氣。

「……說得也是，若想讓賓客在看過所有布料後進行挑選，即便改為一次向一整桌的人展示，時間也還是完全不夠用呢。」

我因此重新體認到，自己與羅潔梅茵大人對彼此都不夠了解。但在我們為羅潔梅茵大人的言行感到不知所措的同時，我也稍微可以明白，為什麼在神殿長大、平常多與平民往來的羅潔梅茵大人，來到城堡後總會無所適從。

儘管溝通有些不良，但準備工作還是持續進行著。只不過奇爾博塔商會的人把布料攤展在木框上時，我發現他們好像不太懂得如何展示。

因為有羅潔梅茵大人的提拔，奇爾博塔商會是近來開始出入城堡的新興商會。可能以前接待的顧客都是下級或中級貴族，所以展示商品的技巧還不太熟練。

「你們這樣展示，根本突顯不出布料的優點嘛。」

之前我在貴族院只是幫忙推廣過流行，但今天這個重要場合，可是要創造新流行，一切必須盡善盡美，因此我接二連三地向奇爾博塔商會的人下達指示。

「關於如何展示，最好還是聽從布倫希爾德以貴族觀點給的建議，茶會上的賓客們會比較能夠接受喔，請奇爾博塔商會也趁此機會好好學習。」

我還在下達指示的時候，忽然聽見羅潔梅茵大人這麼說。得知她信任著我以貴族觀點給出的建議，這讓我有些高興。

……我也必須全力以赴才行。

用完午餐，接著我與設置好布料的奇爾博塔商會討論要如何介紹工坊，並商討布料的購買方式。他們說今天只是展示會，所以賓客不會當場購買商品，而是要向奇爾博塔商會告知自己中意的布料號碼，員工再提供該布料的所屬工坊與製作者名字，請賓客在茶會結束之後，透過自己的專屬商會向工坊下訂單。看來奇爾博塔商會並不打算透過今天的展示會，獨占與上級貴族做生意的機會。

……但只要是商人，一般都想與更多貴族做生意才對啊。真奇怪。

「至於素來對我們關照有加的羅潔梅茵大人，我們隨時都可以接受委託。」

就在與奇爾博塔商會討論的時候，艾薇拉大人再度現身。這次她還帶著從亞倫斯伯罕嫁來的蘭普雷特大人的第一夫人，奧蕾麗亞大人。

「不行，唯獨這個面紗……」

儘管羅潔梅茵大人與艾薇拉大人都已好言相勸，奧蕾麗亞大人卻說什麼也不肯取下亞倫斯伯罕的面紗，這讓我心生些許不快。

……怎麼這麼頑固呢？這樣只會讓人覺得她無法融入艾倫菲斯特，給人的觀感也不佳呀。畢竟自從接納了來自亞倫斯伯罕的新娘，派系裡的人便因此惶惶不安，她就不能站在艾薇拉大人的立場想想嗎？

看到艾薇拉大人為難不已的模樣，我在心裡大感憤慨。但就在這時候，羅潔梅茵大人微微側頭，說出了教人大吃一驚的提議。

「奧蕾麗亞，若妳堅持要戴著面紗，要不要改用艾倫菲斯特的布料做塊新的呢？這樣一來，至少第一眼會給人奧蕾麗亞融入了艾倫菲斯特的感覺吧。」

奧蕾麗亞大人可是從大領地嫁過來的，還是奧伯．亞倫斯伯罕的姪女，我萬萬沒想到羅潔梅茵大人竟然建議她使用中領地艾倫菲斯特的布料製作面紗。倘若對方認為這是對亞倫斯伯罕的挑釁，那也不奇怪。儘管艾薇拉大人嘴上說著：「是呀，那樣確實能稍微改變給人的印象。」但背後的意思其實是：「但妳不可能這麼做吧？」

我還以為奧蕾麗亞大人會擺出大領地貴族的架子，回道：「妳竟然要我使用艾倫菲斯特的布料嗎？」未料她卻如釋重負一般，接受了羅潔梅茵大人的提議。看來她是真的有苦衷不能摘下面紗，但又想融入艾倫菲斯特。

奧蕾麗亞大人嫁過來時也帶了一名侍從，但今天陪同在她身邊的是艾薇拉大人的侍從。多半因為身邊的侍從不是可以輕鬆交談的對象，再加上發現了羅潔梅茵大人對自己完全沒有敵意吧，奧蕾麗亞大人開始跟在羅潔梅茵大人身後。由於移動時配合著羅潔梅茵大人的步伐，行進速度非常緩慢。

兩人一邊觀賞設置在牆邊的布料，一邊閒聊。我與近侍們在旁傾聽，心情隨之起伏不定，因為一下子極想扶額嘆氣，一下子又得拚命忍笑。

由於奧蕾麗亞大人的面紗繡有魔法陣，一般人都會好奇上頭的魔法陣是什麼，然後想要檢查有無危險。然而，羅潔梅茵大人竟然露出天真無邪的笑容，得知不會因此認錯人，也不會看不見前方而跌倒後，為此感到高興。

……重點不是這個吧！

接著聽到蘭普雷特大人曾經誇讚妹妹以後，羅潔梅茵大人便主動表示要贈送布料給奧蕾麗亞大人。眼看羅潔梅茵大人想以行動來表達自己的歡迎之意，而奧蕾麗亞大人儘管怯生生的，卻也高興地接受了她的好意，我們根本開不了口阻止。我們一行近侍互相對看後，只能聳一聳肩。

……因為贈送布料給新婚妻子，是蘭普雷特大人身為丈夫該做的事情才對呀！

隨後，奧蕾麗亞大人還表示她雖然喜歡可愛的布料，但與自己的外貌並不相襯，對此羅潔梅茵大人則是回道：「反正到時看不見容貌，用不著考慮適不適合吧。」

……羅潔梅茵大人的想法與我們真是大相逕庭。

之後只要發現奧蕾麗亞大人在布料前停留了較長時間，我便會把號碼記錄下來。當然，引得羅潔梅茵大人駐足的布料也一樣。

而兩人的喜好似乎有些相似，竟然有個一樣的號碼。那塊布料有著從深紅慢慢轉為溫暖朱紅色的漸層，另外不知是如何染上去的，還遍布著濃淡不一的花朵。

……這塊布料似乎最適合用來製作羅潔梅茵大人的冬衣。

想起羅潔梅茵大人在夏天訂做的、她十分喜愛的花苞狀裙子，我想如果要再製作類似的款式，這塊布料是最適合的。

然而，羅潔梅茵大人在與奧蕾麗亞大人一同看完了置於牆邊的布料後，整個人突然變得無精打采。明明染布展示會即將正式開始，羅潔梅茵大人卻在準備期間便消沉地垮著肩膀，也不再關心布料。

明明之前還那麼期待，這是怎麼了呢？說不定是沒找到合她心意的布料。

……坦白說，今天展示的布料水準確實還不到最佳。

與黎希達曾拿給我們看過的過往布料相比，眼前這些布料的染色技巧明顯還不夠純熟，需要繼續提升。但是，接下來賓客將陸續抵達，今後也要將這種染色布料發展成艾倫菲斯特獨有的商品，所以絕不能在這時候鬆懈下來。

……那麼代替羅潔梅茵大人讓展示會能圓滿成功，就是我身為侍從應盡的職責吧。

茶會上，羅潔梅茵大人聊天聊得非常開心，雖然主要內容是關於亞倫斯伯罕的故事與食物。當然，這樣的閒話家常也很重要。為了讓奧蕾麗亞大人能多少融入這個場合，她與羅潔梅茵大人開心談天的模樣，有助於讓眾人留下良好印象。

……但是羅潔梅茵大人，重點不是這個吧！

明明現在是染布的展示會，羅潔梅茵大人談話的內容卻絲毫沒有提到服裝。原本這種情況下若是要閒話家常，首先應該問起亞倫斯伯罕目前的流行，再把話題轉到艾倫菲斯特的染布上，之後再慢慢深入，詢問對方的興趣與喜好，從中問出自己想要的情報。然而羅潔梅茵大人卻是毫無脈絡可言，忽然間就聊起了自己的興趣。但要是從頭到尾只顧著自己開心，便無法得到有用的情報。視野中可以看到艾薇拉大人與芙蘿洛翠亞大人都露出了苦笑。

但比起聽人講述故事，我更好奇今天的展示會情況如何，於是把服侍用餐的工作交給莉瑟蕾塔，自己則是一邊觀看會場內的布料，一邊豎耳傾聽其他人的對話。這次的展示會因為要自行挑選自己喜歡的布料，不出所料上級貴族的婦人們都為此感到驚奇。不過，她們似乎也都把這視為一種遊戲般的新娛樂，很快便接受了。

「這塊布料真漂亮呢。」

「用了這麼多種紅色，真是華美絢麗。」

由於羅潔梅茵大人向染布工坊下了指示，要求染好的布料可以用來製作在冬季亮相的服裝，因此會場內的布料全是以紅色做為基底。

但雖說都是紅色，布料的顏色卻是從橘紅到紫紅各有不同。其中還有的布料帶著從深紅轉為淡紅的漸層，也有的呈現出了斑點般的花紋，各異其趣。

至今我看過的布料都是單一色彩，沒有任何花紋，所以看著這些布料，我甚至無法馬上想像出製成服裝後會是怎樣的成品。而在一整片的紅色布海中，只有零星幾塊布料在花朵的部分使用了其他顏色，或是另外點綴了綠葉。由於同時用了多種顏色的布料還不多，顯得格外醒目。

「這塊布料真不錯，用色大膽又鮮豔……雖然技巧還不夠純熟。」

「因為這種染法是從今年春天才開始推廣的，工匠的技藝雖然還不夠熟練，但相信很快便會進步的吧。」

我很自然而然地開口為工匠說話。或許不知不覺間，我也深深受到了羅潔梅茵大人的影響。

「布倫希爾德大人，您先前曾見過以這種染法製成的布料嗎？」

「有的。在羅潔梅茵大人說她想要推廣新染法的時候，黎希達便拿來了她擁有的舊布料給我們看過。最相近的布料大概是那一塊吧。」

記得那塊布料間隔相等地染有精巧的圖案。我一邊回想，一邊指向會場內的一塊布料。一位年長的中級貴族女性朝著我指的方向看去後，露出懷念的笑容。

「家母過往擁有的布料，很多都採用了類似那塊布料的染法呢。」

「我聽聞有的工匠正試圖重現以前的技法，也有的工匠想要挑戰新的染色方式。這邊布料的用色都是從前工匠未曾嘗試過的，所以若能繼續發展下去，想必可以創造出艾倫菲斯特的特有布料吧。」

今天的展示會，只邀請了財力足以援助工匠的上級貴族，以及等級接近上級的中級貴族，希望能有多一點的布料吸引到她們的目光。

「倘若各位有欣賞的布料，歡迎透過自己的專屬商會，指定工坊與工匠進行購買，或是另外訂做新的布料。聽說以這樣的方式，就能慢慢發展成艾倫菲斯特的新流行喔。羅潔梅茵大人希望由派系裡的所有人一起創造流行。」

「哎呀……」

想起自己聽到羅潔梅茵大人這麼說時有多麼開心，我也這般告訴眾人。因為這次並不只是接受上位者創造的流行後加以推廣，而是自己也能藉由這些染布來創造新流行。能夠得到領主一族的邀請參與其中，內心會產生一種優越感，彷彿自己的階級也隨之提升了一階。

「羅潔梅茵大人總是再三強調，要挑選適合自己的布料。這裡有這麼多作品，還請各位挑選出自己喜愛或是適合自己的布料吧。」

「那羅潔梅茵大人已經選好了嗎？」

只見所有人都故作不經意地豎起了耳朵，大家是想要追隨創造新流行的羅潔梅茵大人的腳步吧。

「是的，我們在做準備的時候，羅潔梅茵大人已經預先選好了幾款布料。奧蕾麗亞大人似乎也有意要用艾倫菲斯特的布料製作面紗，已經選好了幾款在做考慮。當然，夏綠蒂大人與芙蘿洛翠亞大人也都正在挑選自己喜歡的布料。聽說她們選好布料以後，會用來製作冬季社交界要穿的服裝。」

換言之會場裡的所有染布，都還沒有領主一族的成員用來製成服裝過，自己可以說是站在流行的最前端。

我告訴大家，領主一族已經依著個人喜好各自挑選好了布料，而且上位者只是想讓染布流行起來，所以每個人指定的工坊與工匠都不一樣。聞言，本來還想追隨領主一族腳步的眾人，態度都忽然丕變。貴婦人們的眼神全變得無比認真，開始仔仔細細地端詳會場裡的布料，想要找出屬於自己的那一塊。看著這個情景，我相信今天的展示會可以說是圓滿成功。接著我再向羅潔梅茵大人問了個問題。

「羅潔梅茵大人，您打算把稱號賜予哪一名工匠呢？」

芙蘿洛翠亞大人、羅潔梅茵大人與夏綠蒂大人都是領主一族，三位將各選出一名工匠，然後將文藝復興的稱號分別賜予這三人。現在要從已經記錄下來的候補當中選出最終人選，然而，只見羅潔梅茵大人有氣無力地搖頭。

「……我無法從這三個候補當中選出最終人選。」

「如果是他們的技巧還太過生澀，令您大失所望，其實不必急著給予稱號喔，畢竟這次給的時間也不算充裕。您可以再給一次機會，下次再決定要給誰稱號吧？」

聞言，羅潔梅茵大人思考了一會兒後低喃：「說得也是。」反正稱號隨時都能給，等找到真正賞識的工匠時再決定就好了。

「不過，雖然稱號不急於決定人選，但製作服裝用的布料還是得先決定。若用這塊布料製作今年的服裝，不知您意下如何呢？」

在羅潔梅茵大人挑出的三個備選當中，我選擇了早在準備期間便看中的那塊布料告知號碼。我表示使用這款布料，應該可以做出款式近似於夏季服裝的成品後，羅潔梅茵大人高興地笑著頷首。

「布倫希爾德的眼光很準確，那就用這塊布料製作冬衣吧。」

……原來我也能夠幫上羅潔梅茵大人的忙呢。

後來某日，只見羅潔梅茵大人說著「布倫希爾德的眼光果然準確」，然後整個人垂頭喪氣，嘴裡還說：「早知道那時候就直接給予稱號了。」到底發生了什麼事呢？

對我而言，要理解羅潔梅茵大人果然還是非常困難。

布倫希爾德視角・基貝・葛雷修之女

Kazuki Miya's commentary

第四部Ｖ的特典短篇。
時間點在第四部Ｖ的造訪葛雷修。
布倫希爾德視角。
當天夜裡，她得知了印刷業有可能發展失敗。
身為基貝・葛雷修的繼承人，她必須讓印刷業成功發展起來，
但在聽完羅潔梅茵的指點後，布倫希爾德依然不太能理解。
就在這個時候，能夠理解羅潔梅茵想法的哈特姆特與艾薇拉，
站出來從貴族的角度給予建言。

小小幕後筆記

布倫希爾德、哈特姆特與艾薇拉都是純正的貴族，但生長環境不同，個體間也會有很大的差異。為了帶出貴族社會的背景設定，包括葛雷修這塊土地的特殊性等等，確實讓人費了番工夫。

「布倫希爾德大人，這裡便是為羅潔梅茵大人準備的客房。」

「好。我得趁羅潔梅茵大人舉行儀式的時候，趕緊整理好房間，請盡快將行李搬進來。」

現在已過秋季中旬，我陪著羅潔梅茵大人再度返回葛雷修老家。接下來得趕緊檢查老家侍從們準備的客房是否妥善周到，然後要從木箱裡拿出羅潔梅茵大人的日常用品，擺放在她方便拿取的地方。我忙著向下人們下達指示時，聽見了一道雀躍的呼喚聲：「姊姊大人，歡迎回來。」

轉頭一看，便見妹妹貝兒朵黛正搖晃著一頭玫瑰粉色的頭髮，步伐微快地朝我走來。身邊的侍從不覺莞爾地看著她，由此可知她肯定是為了見我急忙跑來。

「姊姊大人，我也來幫忙，還請您告訴我有關貴族院的事情吧，我想在冬季的兒童室裡有話題可以聊。」

為了之後能在兒童室裡握有主導權，想要預先蒐集話題，貝兒朵黛催促道。貝兒朵黛因為什麼事情都想模仿我，個性有些早熟，有時我會覺得可愛，但有時她若模仿了我自己也不喜歡的舉動，我也會有些氣惱。

「貝兒朵黛，蒐集情報固然重要，但妳不可以說得如此露骨，要小心別對他人也這樣說話。」

「對不起。因為能與姊姊大人交談的時間很短暫，我大概是太心急了。」

簡單告誡過後，我一邊開始整理客房，一邊分享自己在當羅潔梅茵大人的見習侍從時，在貴族院經歷過哪些事情。雖然春末那時也與貝兒朵黛分享過一些，但由於我現在住在城堡，沒有什麼時間能慢慢閒聊。

「越是心急與慌張的時候，越要表現得從容優雅。因為等我畢業以後，就要由妳代替我成為羅潔梅茵大人的近侍，繼續推廣流行……對了，聽說為了接受培訓，妳去拜託了艾薇拉大人嗎？」

「是的。而且姊姊大人今年在貴族院的努力想必得到了認可，艾薇拉大人還要我向您看齊，學習怎麼與王族還有上位領地舉辦茶會。她還說正好現在很需要願意服侍羅潔梅茵大人的上級貴族，所以非常歡迎我呢。」

艾薇拉大人的情報來源多半是柯尼留斯吧。聽見自己的表現得到好評，我高興得不得了。想起在貴族院發生的種種後，忍不住輕笑起來。

「要當羅潔梅茵大人的侍從可不容易唷，因為會突然接到王族的召見，還要與至今毫無往來的上位領地舉辦茶會。」

去年在貴族院，想想艾倫菲斯特至今的排名與往來對象，根本難以想像那些上位領地竟然會爭相想與我們交流。

「尤其亞納索塔瓊斯王子的召見常常都很突然，我們侍從都不曉得該如何應對才好，與黎希達一起慘白著臉商量討論。但當然啦，我們絕不會在羅潔梅茵大人面前表現出來。」

雖然羅潔梅茵大人也十分吃驚與困惑，但因為她是一年級新生，不曉得貴族院之前的情況，所以似乎以為這種情形在貴族院裡很常見。因此，為了不讓主人更感到緊張，我們侍從絕對不能表現出無措與慌亂。

貝兒朵黛豎耳傾聽的時候，那雙色澤與我相似的眼眸總是燦如星子。我看著這樣的她，與她分享了我們接到王族召見時，嚇得心臟都要縮成一團的體驗；也說到後來為了在突然接到召見時能馬上應對，我們都會吩咐羅潔梅茵大人的專屬廚師，一定要隨時準備好兩種口味的磅蛋糕。

「因為磅蛋糕本來就可以存放好幾天，其實不需要每天製作，但是做好準備以防萬一，是非常重要的事情喔。」

我也告訴貝兒朵黛，即便是上位領地，也都覺得磅蛋糕十分的新奇，還有羅潔梅茵大人又命令專屬廚師們在做好幾款新點心了。貝兒朵黛因為非常喜歡甜食，因此聽得非常開心。

「如今亞納索塔瓊斯王子已經畢業，也沒聽說領主會議上有王族首次亮相，所以今年應該不會再接到王族的召見吧……」

我一邊說著，一邊也把見習文官們會用到的文具擺在桌上，方便他們馬上取用。接著把羅潔梅茵大人愛喝的茶葉與茶具放進推車和櫃子，再檢查魔導具的運作是否正常，以備隨時都能開始泡茶。最後我再拿出木箱裡的絲髮精、肥皂等沐浴用品。

「貝兒朵黛，這款絲髮精是奇爾博塔商會今年秋天推出的新產品，帶有洛芬露的香氣。羅潔梅茵大人推薦給我以後，我現在也在使用唷。」

我說完輕輕甩動自己的頭髮，貝兒朵黛便稍微把小臉湊過來。她聞了聞味道後，一臉陶醉地仰頭看我。

「味道好香喔。在貴族區比較容易取得新產品，真是羨慕姊姊大人。姊姊大人，那您有沒有帶禮物回來給我呢？」

「給妳的禮物我已經先訂好了，等妳冬天去貴族區，都會送到冬之館去。到時候妳去兒童室，不僅頭髮會散發香氣，還能戴著漂亮的髮飾呢。」

我告訴貝兒朵黛，自己先前曾奉羅潔梅茵大人之命，為所有女學生挑選髮飾，當時也順便為家人訂了髮飾。貝兒朵黛聽了，露出可愛燦笑。從貴族院回來以後，我因為是羅潔梅茵大人的侍從，住進了城堡裡賜予自己的房間，平常也就沒什麼機會能見到妹妹，所以這是我送給她的一番心意。見她這麼高興，我也心滿意足。

「對了，我在展示會上挑選的布料送回家了嗎？」

「已經收到了喔，而且因為姊姊大人詳細描述了展示會的情況，又送來了您買的布，所以我們決定先在配件上採用最新流行的布料。目前正在做披肩、衣領與緞帶，因為如果要製成冬季的新衣，布料與時間都不太夠。」

由於新布料的展示會是在城堡舉行，待在基貝土地上的貴族沒有機會能深入了解任何新事物都是先在貴族區裡流行起來，再慢慢地往周邊的土地傳開，但這次我在購買了自己挑選的布料後，便請打理冬之館的侍從幫忙送回老家。

「收到姊姊大人寄回來的信與布料，父親大人非常高興喔，還說多虧姊姊大人成為羅潔梅茵大人的近侍，我們現在對貴族區的情勢與流行瞭若指掌呢。」

「哎呀，因為我可是下任基貝．葛雷修呀，這點小事也是應該的。」

「姊姊大人太可靠了。我也會好好努力，以後輔佐姊姊大人。」

談笑間整理好客房後，我們兩人便前往母親大人的寢室，向她報告客房已經準備完畢，順便詢問晚餐的菜色是什麼。宅邸裡女主人的房間在一樓，以便客人來訪時可以迅速向傭人下達指令。

「母親大人，羅潔梅茵大人的客房整理好了。」

「妳們兩個辛苦了……布倫希爾德，我有重要的事跟妳說，在羅潔梅茵大人回來前，能占用妳一點時間嗎？」

「好的。貝兒朵黛，妳先回房吧。」

在羅潔梅茵大人回來前，已經沒有見習侍從該做的工作。我讓貝兒朵黛先離開，然後轉身面向母親大人。不知是否發生了什麼事，母親大人看起來有些憔悴。

「……第二夫人懷孕了。倘若生下男孩，她的孩子很可能會成為下任基貝吧。」

聽見這個消息，我感到眼前一陣天旋地轉，因為選擇繼承人的時候，往往是男性占盡優勢。我注視著母親大人，感覺自己站著的地方正往下塌陷。母親大人大概也設想過各種可能性了吧，看來會有些憔悴，肯定就是因為這個緣故。

「萬一她真的生下男孩，我們的未來會怎麼樣呢？」

母親大人的話聲中飽含不安，我也愁苦地皺起了眉。假使第二夫人生下男孩，那孩子又成為下任基貝，那麼第二夫人身為生母必將受到重視，而母親大人身為第一夫人，屆時的處境會非常艱難。究竟是我還是第二夫人的孩子會成為下任基貝，對於要留在這個家的母親大人來說，結果足以左右她今後的人生。

「母親大人，您假設的這個男孩都還未出生長大，現在就煩惱也無濟於事呀。況且就算第二夫人生下了男孩子，我也不一定就會被取消下任基貝的資格。」

「是嗎？」

母親大人十分懷疑地側過臉龐，但我並不打算就此放棄。如果能成為基貝，就與一般的上級貴族不同，可以有更大的影響力去參與新流行。經過這次的布料展示會，平生首次站在創造流行的這一方後，我強烈地體會到了這一點。

「母親大人，您與父親大人都知道，我成為羅潔梅茵大人的近侍以後，不僅促使葛雷修開始發展印刷業，我也竭盡所能在推廣新流行。如今在貴族院，我還能與王族以及上位領地的近侍們往來交流，我一定可以拿出能讓父親大人點頭認可的表現吧。倘若我能招到能力出眾的夫婿，又能得到將來要成為奧伯第一夫人的羅潔梅茵大人的支持，要扭轉性別劣勢也是有可能的。」

……除非第二夫人生下男孩後，他又成為韋菲利特大人的近侍，還擁有與我同樣出色的表現……

但這種會令母親大人不安的話語，我只敢在心裡偷偷補充。畢竟奧伯會擁有比第一夫人更大的權力。雖然父親大人現在絕不會允許我們去服侍韋菲利特大人，但十年過後他應該已經與羅潔梅茵大人成婚了，周遭人們對他的看法也很有可能早就不同以往。儘管如此，為了稍微緩解母親大人的不安，我還是堅定地表示自己能夠扭轉性別劣勢。

母親大人靜靜地凝視我，最終有些釋然地發出嘆息。我也放下心來。這下子嚴肅的話題也就結束了吧？我正如此心想時，母親大人忽然一臉認真至極地開口。

「妳若能得到羅潔梅茵大人的支持，不如把哈特姆特大人招為妳的夫婿吧？」

「不行，我絕對無法接受哈特姆特成為自己的夫婿，說什麼也不可能。」
聽見母親大人提出如此駭人的提議，我嚇得立刻回絕。
「哎呀，為什麼呢？聽說他是能力非常優秀的見習文官，不僅風評很好，也深受羅潔梅茵大人的器重吧？既是萊瑟岡古的上級貴族，又是家中三男，不會成為繼承人，你們又侍奉同一個主人，應該很了解他的為人吧？」
「就是了解才不行。哈特姆特認為能夠侍奉羅潔梅茵大人是種至高無上的喜悅，所以不用期待他會願意輔佐下任基貝．葛雷修。比起治理葛雷修，他更渴望一輩子待在羅潔梅茵大人身邊侍奉她吧。再者最重要的是，我不希望自己未來的夫婿這麼奇怪。」
哈特姆特不僅是羅潔梅茵大人的近侍，也是能力出眾的見習文官，還是萊瑟岡古的上級貴族，又是能夠入贅的家中三男，光看這些條件，他確實是很好的人選吧。但是，單憑他是「羅潔梅茵大人至上主義者」這一點，就足以把所有優點抹除。
只要親眼看到他讚頌羅潔梅茵大人、對她獻上祈禱的模樣，沒有女性會想與他結婚吧。奧黛麗甚至早早就看開地說：「以他那副樣子，除非是以身分為目的，否則沒有一般正常的女性想嫁給他吧。若有貴族人家堅持想要他入贅那倒另當別論，但反正那孩子排行老三，他就算不結婚我也無所謂。」我認為她有這種想法非常正常。
「與哈特姆特相比，他的兄長或者其他上級貴族都是更好的選擇，相信他領也有更優秀的上級貴族吧。我觀察過羅潔梅茵大人目前的人際關係，很明顯今後她與上位領地的往來只會越來越多，我反而想從他領招贅夫婿過來。」
日後一旦羅潔梅茵大人成為奧伯．艾倫菲斯特的第一夫人，萊瑟岡古一族絕不會被排擠冷落，也不會發生我們必須咬緊牙關團結起來的情況吧。如今開始推廣新流行、發展印刷業以後，我反倒覺得能與他領保持怎樣的關係更重要。

「……是嗎？但我還是覺得，若能與同族的人有更緊密的關係，萬一發生了什麼事也比較不用擔心呢。」

母親大人感受不到貴族院內的變化，會有這種想法也是當然的吧。但是，開始服侍羅潔梅茵大人以後，我確實能感覺到艾倫菲斯特正在改變。

「只要有我在，我絕不會讓母親大人得看別人的臉色，也會努力讓您與貝兒朵黛可以過得無憂無慮。所以，請您放棄招贅哈特姆特吧。」

就在我發憤立下決心的當天晚餐過後，關於正在葛雷修發展的印刷業，我們得到了兩種截然不同的意見。

我不明白為什麼比起貴族文官的報告，羅潔梅茵大人更加重視平民的意見。但倘若我遲遲無法理解，恐怕至今付出的所有努力都會白費吧。

為羅潔梅茵大人的就寢做準備時，我試著再次提問，卻還是不能理解她為何一再優先考慮平民。然而，羅潔梅茵大人給我一種強烈的感覺，就是葛雷修的印刷業極有可能以失敗告終，並且她也已經認定會有這樣的結果也是無可奈何。

「那麼請您好好歇息。」

「布倫希爾德，若妳的侍從工作結束了，要不要和我談談？」

之後我一走出羅潔梅茵大人的房間，竟發現不知道為什麼，哈特姆特已經站在門外等我了。該不會是母親大人想要牽線，對他說了什麼奇怪的話吧？我一時這樣猜想，臉色不由得沉了下來。我現在才沒有時間處理這種事，得趕快去找父親大人討論有關印刷業的事情。

「哈特姆特，我……」

「是關於羅潔梅茵大人與葛雷修的印刷業。因為我在想，妳可能無法理解……」

「哈特姆特，你能理解羅潔梅茵大人的意思嗎？」

「我就是為此在神殿到處蒐集情報啊。我們先去艾薇拉大人的房間吧，她說能給我們一點時間。」

眼看哈特姆特的準備這麼周到，十分確定我一定會想聽聽他要說什麼，我不禁感到非常不甘心。無論是對主人的理解，還是關於印刷業的情報蒐集，我都輸給了他。

「……哈特姆特的事前準備太完美了，讓人有些火大呢。」

「我還差得遠呢。」

不知是想起了什麼，哈特姆特語帶懊悔地回答後，搖搖頭甩開思緒。隨後，他慢慢地吸一口氣，朝著艾薇拉大人所在的客房開始移動。我也與他並肩而行。

「布倫希爾德，妳不能把古騰堡們視作是普通的平民。」

「咦？」

「他們對羅潔梅茵大人來說等同是雙手和雙腳，就好比是我們的親族與信任的侍從。所以他們的報告，就和親族還有侍從們的報告一樣重要。」

「和親族還有侍從們的報告一樣重要嗎……？」

真不敢相信羅潔梅茵大人竟如此信任平民。但是，如果一邊是親族的報告，一邊是某個文官的報告，我當然也會更相信前者吧。

「一開始我也曾犯過錯，所以能明白妳的心情。」

「哈特姆特也曾經犯錯嗎？」

明明哈特姆特不管是事前準備還是情報蒐集都做得無懈可擊，還成天讚美羅潔梅茵大人，但聽到他說他也很難理解羅潔梅茵大人在想什麼，我忽然有些鬆了口氣。

「有一次要在神殿與平民區的商人開會，那是我第一次陪同出席。」

他說會議上，由於商人們的遣詞用字太過無禮直接，還提出了厚顏無恥的要求，讓他忍不住大皺眉頭，最後便開口提出警告。

「平民若太過得意忘形，身為貴族當然該開口警告他們吧？」

「是啊，當時我也這麼認為。面對寬仁大度的羅潔梅茵大人，平民竟敢如此狂妄，我不僅無法忍受，就連同桌而坐也感到不快。然而我開口警告商人後，羅潔梅茵大人反倒斥責了我。她甚至生氣到眼睛微微變色，並且在那種情況下，我竟還不由自主地為那美麗的眼眸與輕微的威懾感到渾身酥……」

「哈特姆特，我不想聽你說主觀的感受，請告訴我客觀的事實就好。羅潔梅茵大人到底說了什麼？」

哈特姆特有些自討沒趣地閉上嘴巴後，接著便向我繼續說明羅潔梅茵大人當時生氣的理由。

「羅潔梅茵大人說了，她開會的目的就是想聽平民坦率地發表意見，所以不准我阻撓。要是再插嘴干涉，不管我是上級文官還是近侍，往後都不會允許我同行……當時的羅潔梅茵大人，比為托勞戈特一事斥責我時還要生氣，我可是嚇出了一身冷汗，擔心她會不會就此將我解任。」

就連那般無禮的托勞戈特，羅潔梅茵大人也只是讓他自行請辭，而哈特姆特不過是在與平民開會時出言干涉，竟然就感受到了要被解任的危機。儘管哈特姆特講述的時候面帶苦笑，但這其實一點也不好笑。

「我當下便發現，比起我這個身為上級貴族的近侍，羅潔梅茵大人更重視也更優先考慮平民區的商人。若以服侍其他領主一族的做法去服侍羅潔梅茵大人，也不會得到她的賞識。」

「比起哈特姆特，竟然更優先考慮平民區的商人……」

真是難以置信。但是，現在哈特姆特仍會參加神殿的會議，還一派理所當然地跟著羅潔梅茵大人一起去平民區，他都這麼說了，那肯定是真的吧。

「羅潔梅茵大人是在神殿長大的，現在又擔任神殿長，在神殿生活的時間還是比較長吧？所以她始終不太了解貴族社會的運作方式，一直是以自己的想法在發展事業。站在羅潔梅茵大人的立場，她就只是在沿用以前的做法罷了。」

「既是如此，我們應該要教給她貴族的常識……」

這不正是身為近侍的職責所在嗎？聽我這麼表示之後，哈特姆特想了半晌，最終搖了搖頭。

「難道妳要向羅潔梅茵大人進言，請她優先考慮貴族，而不是平民嗎？這麼做只會白費唇舌吧。羅潔梅茵大人確實是該學習貴族的常識，但既然她是最先發展印刷業的人，我認為這方面還是該尊重她的意見。」

「……為什麼呢？」

「因為印刷業能發展到現在，全仰賴羅潔梅茵大人與古騰堡們之間密切又坦誠的討論。若要強行改變至今的做法，事業絕不會照著原定計畫發展吧。這就和往他人的魔石注入自己的魔力，用起來很不順手一樣。」

如果想讓印刷業獲得成功，最好是按照羅潔梅茵大人的做法——哈特姆特說著，抬手敲響艾薇拉大人客房的房門。

「聽說關於印刷業，你們有重要的事情想跟我說……？」

艾薇拉大人這麼詢問後，哈特姆特便開始說明。我也在旁補充了服侍羅潔梅茵大人就寢時，與她之間有過的對話。

「羅潔梅茵大人說在葛雷修這裡，基貝的做法與其他地方不一樣，還說這會導致印刷業失敗……艾薇拉大人能明白這是什麼意思嗎？」

就連上級貴族哈特姆特一開始也無法理解羅潔梅茵大人在想什麼，艾薇拉大人應該也一樣吧。然而，艾薇拉大人卻是想也不想，一臉理所當然地頷首。

「是的，像葛雷修與哈爾登查爾就完全不一樣。」

「請問究竟是怎樣的不同呢？」

「就是包含基貝在內的貴族，與平民之間的距離。羅潔梅茵抵達時，曾問基貝．葛雷修儀式要在哪裡舉行吧？看見基貝竟然回答不出來，我十分吃驚呢。因為在哈爾登查爾，都是由基貝帶頭慶祝收穫祭與祈福儀式。」

艾薇拉大人向我們描述了在哈爾登查爾舉行的儀式。她說，貴族與平民會一起唱歌跳舞，向諸神感謝這一年的收成，但這些在葛雷修根本不可能，所以我絲毫想像不出那幅畫面。

「身為擁有土地的貴族，你們應該要重新檢視自己的做法呢。因為基貝的職責，便是要找出那塊土地的優點與缺點，進而守護與引導人民，但在葛雷修並非如此吧？」

聽艾薇拉大人這麼說，我羞愧得全身都在發燙，因為葛雷修貴族向來最自豪的，就是我們這裡比其他的土地更像貴族區。我們總是與平民保持距離，致力於維持貴族該有的樣子。

「當初葛雷修這個城鎮是為了嘉柏耶麗大人而設立的，那時的行事作風也一直保留到了現在……明明我們那麼排斥嘉柏耶麗大人與薇羅妮卡大人，但如今她們都已經不在了，我們卻還照著她們的期望，煞費苦心把葛雷修打造成第二個貴族區，印刷業還有可能因此失敗，真是太諷刺了。」

我們現有的觀念全是承襲自嘉柏耶麗大人，而且已經在葛雷修根深柢固。聽到印刷業能否成功，全取決於能否改變舊有觀念，我完全說不出話來。

「如果葛雷修……不對，布倫希爾德，如果妳想藉由印刷業獲利，就向已經開始獲利的前輩們學習吧。倘若固執己見，不願採用正確的做法，怎麼可能得到與他人一樣的利益呢？所以妳必須改變自己的想法，重點在於妳要願意改變。」

「改變自己的想法嗎……？」

這種事簡直難如登天，我不由得感到畏縮。要讓葛雷修的貴族們改變想法、效法羅潔梅茵大人、重新思考該如何與平民共處，這根本是不可能的事情吧？我也不覺得自己能夠改變。

多半察覺到了我的瑟縮，艾薇拉大人手托著腮沉思片刻，然後瞇起漆黑眼眸，露出安撫的微笑。

「布倫希爾德，這件事並不難唷，妳早已經在這麼做了吧。柯尼留斯曾向我報告過，與羅潔梅茵一同在貴族院生活時，自己累積至今的知識、經驗與常識，常常都無法派上用場。每當遇上這種情況，你們想必都很努力去適應羅潔梅茵的行事作風。」

聞言，我想起了先前在貴族院的那段日子。正如同我對貝兒朵黛說過的，意想不到的狀況真是接踵而來。羅潔梅茵大人先是宣布她所有科目都要在第一堂課合格，然後就能每天前往圖書館，又在圖書館舉辦茶會，還突然接到王族的召見，甚至在茶會途中失去意識……每一件事都無法靠至今的經驗與常識去判斷，每一次我也都絞盡腦汁，努力思考當下最好的應對之法。

「印刷業也一樣，其實只是要求你們採取不同以往的處理方式。究竟要適應新的變化，還是堅決抗拒改變……這都是葛雷修的選擇。」

艾薇拉大人的話聲剛落，我眼前彷彿出現了兩條道路。聽見艾薇拉大人以我在貴族院的表現為例，還肯定了自己的能力，我忽然覺得充滿希望。

「決定要發展印刷業的是基貝．葛雷修，並非平民。但是，平民正遵照基貝的指示，並且依著古騰堡們的指導投入新事業。目前印刷業還沒有會失敗的跡象，只是有些地方需要改進而已。」

艾薇拉大人說完，哈特姆特也點頭贊同。

「布倫希爾德，妳似乎已經認定印刷業要失敗了，但我聽說哈爾登查爾也曾在金屬活字上遇到難關。由於不只葛雷修發生過類似的問題，羅潔梅茵大人才會很快就提供了解決辦法。至於汙水問題，可以裝設能夠淨水的魔導具，或是把工坊遷到水源乾淨之處，也或許還能再想出其他對策，其實已經有很多解決方法供你們參考了。」

兩人都說今後要怎麼做，全看基貝．葛雷修的選擇。既然有對策可以解決，也有方法能讓印刷業邁向成功，那麼我想改變。

最重要的是，如果我希望羅潔梅茵大人能夠改變，多吸收一些關於貴族方面的常識，那麼我也應該要接納不同的常識，改變自己吧。自己做不到的事情，不能反過來要求主人。

「身為下任基貝．葛雷修，我想去說服父親大人。艾薇拉大人、哈特姆特，實在不好意思，明天早餐過後，兩位願意陪我一同前往嗎？」

我下定決心抬起臉龐後，兩人對我堅定頷首。

「當然可以呀。」

「為了實現羅潔梅茵大人的心願，可不能讓葛雷修的印刷業失敗，我也會不遺餘力提供協助。」

……雖然很感激，但我覺得哈特姆特適可而止就好了。

這句真心話就藏在心底，我輕聲笑了起來。

路茲視角・成長中的孩子們

Kazuki Miya's commentary

原本只刊登在網路上的特別短篇。
時間點在第四部Ⅴ中段，路茲視角。
從葛雷修回來以後，
路茲帶著要送人的書本在平民區裡到處跑。
送書的對象有孤兒院的戴爾克與康拉德、
歐托與珂琳娜的女兒睿娜特，
還有昆特與伊娃的兒子加米爾。
大家都活力十足地長大了許多。

小小幕後筆記

在「成為小說家吧」網站上連載時，由於一直在寫貴族相關的故事，忽然間很想寫寫平民的故事，於是動筆寫下了這則特別短篇。看著筆下的孩子們如此活蹦亂跳，我也非常開心。

離開葛雷修以後，不久梅茵的騎獸就抵達神殿。我們古騰堡一行人跳下騎獸，馬上開始搬行李，因為不快點搬完，梅茵就無法收起騎獸，也就無法移動到神殿裡面去。由於法藍和其他侍從也會來幫忙，我根本沒有時間伸展身體、沉浸在解放感當中，大家的動作都非常迅速。

「羅潔梅茵大人，行李搬完了！」

梅茵聽了收起騎獸，再向大家打聲招呼，然後進入神殿。她看起來有點累，但法藍似乎也注意到了，相信會讓她好好休息一下吧。

等到完全看不見梅茵的身影，對著只是疊成一堆的行李，我們開始進行分類。

「路茲，墨水工坊的行李也一起搬過來！」

「只有自己搬不動的行李才能放上來喔！」

古騰堡們的行李都一起搬上了要載往普朗坦商會的馬車，要留在工坊的行李則是請灰衣神官們幫忙搬運。剛才因為有貴族階級的人在，不方便這樣大聲下達指示。

「這個送去工坊，這個是薩克的行李，這個是普朗坦商會……原來如此，事後整理起來還真輕鬆。」

英格一邊分類，一邊語帶佩服地喃喃自語。打包好的木箱上面都貼有字條，詳細地寫著這是誰的行李、裡面裝了什麼、要送到哪裡去，當初也是梅茵要求我們要嚴格遵守這種行李的處理方式。

原本普朗坦商會也會掛個牌子，註明木箱裡有什麼東西，但梅茵要求我們必須寫得更具體且詳細。早在第一次要去伊庫那的時候，梅茵就這麼要求了，一開始我還覺得麻煩，但隨著後來改去其他地方，就算人數變多了、行李也變多了，也幾乎從沒發生過行李遺失或是有人搬錯的情況。所以現在，普朗坦商會也會清楚標示行李裡的內容物。

「好，差不多了吧。」

「那我們回去了，報告會上見。」

「墨水工坊的行李我之後再讓工匠去拿！先走一步啦。」

大概收拾得差不多後，古騰堡們都抱著自己還搬得動的行李，原地解散。過幾天預計要在普朗坦商會召開報告會，所以大家今天都只想早點回家，見見好久不見的家人。一行人很快就走得不見人影。

達米安接著跳上馬車，坐在車夫旁邊，指示要把行李載往普朗坦商會。我用眼角餘光瞄了他們一眼，然後伸手去拿要搬到工坊的行李。

「路茲，你不一起坐馬車回去嗎？」

「哪還有空間可以坐啊？等我把這些行李搬去工坊，我再自己走回去吧。」

「而且我們還要拿禮物送給小鬼頭們啊。」吉魯微微咧開嘴角，輕敲其中一個木箱說。裡頭是已經給過梅茵的樣書，內容是我們向葛雷修的工匠們蒐集來的故事。之前為了測試印刷機，順便教導工匠如何操作，我們在葛雷修試印了這些樣書。

建立了呈繳制度後，梅茵總說她要蒐集到各地印好的新書，所以這次收到這本薄薄的樣書時，她也興高采烈地緊緊抱在懷裡。自從再也無法在秘密房間裡見面，梅茵不管是服裝、遣詞用字還是言行舉止，都完全看不到從前的影子，但只有看到書時的表情，她還是和以前一模一樣。

把行李都搬到工坊以後，灰衣神官們也就地解散，還說要在晚餐前沐浴淨身。我和吉魯則把行李裡頭的試印樣書全部拿出來，除了給梅茵的，也發了一些給同行的古騰堡夥伴後，現在樣書還剩九本。

「這本就留在工坊，這本是吉魯的。」

這些樣書是在測試印刷機時印的，所以不能當作商品。為了之後再與其他故事合併成冊，會留存一本在工坊，剩下的書則拿去送人。

「那我們去送書吧。」

「戴爾克和康拉德一定會很高興。」

我抱著剩下的七本書，跟吉魯一起走向孤兒院。

「對了，吉魯，你說話的語氣跟用字該改回來了，不然等到了孤兒院會挨罵吧？」

由於在葛雷修的平民區生活了半年時間，吉魯的用字和語氣就跟平民沒有兩樣。看到孤兒院出現在視野裡頭，我出聲這麼提醒後，吉魯厭煩地嘆了口氣。

「……雖然又髒又臭，但平民區待起來真的很輕鬆。」

「我等一下就要回平民區了喔。」

吉魯瞪了我一眼，但我只是聳聳肩。接著我們同時笑起來，再一起挺直腰桿，板起臉孔。古騰堡有時得與貴族往來，有時也要前往平民區，所以能夠懂得切換以融入不同的環境，是很重要的事情。

「大家，我們從葛雷修回來了，還帶了禮物要給戴爾克與康拉德喔。」

「哎呀，他們一定很高興。戴爾克、康拉德，吉魯與路茲說有禮物要送你們喔。」

聽見葳瑪的呼喊，戴爾克與康拉德立刻拉著戴莉雅跑過來。約莫半年時間不見，兩個人都長高了許多。尤其是康拉德，大概是以前從沒吃飽飯，所以剛到孤兒院時整個人骨瘦如柴，但現在臉蛋就跟一般的孩子一樣圓潤，表情也開朗了許多。

「吉魯，歡迎回來。路茲，禮物是什麼呢？」

「這個樣書因為不是商品，所以數量稀少，要小心對待喔。」

看著等待時雙眼發亮的兩人，我把書各遞了一本給他們。戴爾克緊緊把書抱在懷裡後，開心地仰頭看向吉魯。

「現在吉魯回來了，我們也可以去森林了吧。」

「恐怕不行，我還有工坊的工作要做。」

吉魯在冬季的社交界開始前多半會很忙碌，除了要詳細報告在葛雷修的工作情況，還要了解工坊現在的工作進度、分配冬天的手工活，大概沒有時間帶孩子們去森林。

「……吉魯，你不能再想想辦法嗎？」

看到戴爾克與康拉德意志消沉的模樣，戴莉雅露出傷腦筋的表情問道。為了配合冬季的社交界趕印新書，這時期的工坊非常忙碌，再加上今年還撥了人手去葛雷修，而且也要準備過冬，所以沒什麼機會能去森林。聽說目前在孤兒院裡跑跳，但又還不到見習生年紀的孩子就只有戴爾克與康拉德，所以兩個人基本上都是被丟在孤兒院裡不管。

……一直無法出去也很悶吧。

「吉魯多半沒時間，那我帶你們去吧。明天一起去森林。」

「咦？路茲，真的可以麻煩你嗎？」

戴莉雅瞪大眼睛問道。和神殿裡的人不同，我出外工作了這麼長時間，回來以後應該可以請到幾天休假。況且等我回家，家裡的人一定會叫我幫忙準備過冬，若用我要帶孩子們去森林為藉口開溜，肯定會輕鬆得多。

「剛好我家裡也要準備過冬，所以只是順便而已。你們兩個也要幫忙喔。」

「好耶！我會努力幫忙的！」

「路茲，謝謝你！」

戴爾克與康拉德歡天喜地，不斷地提醒我已經答應了要帶他們去森林。隨後我也準備離開。

「今天我還要向老爺報告，就先失陪了。明天別忘了做好去森林的準備。」

「路茲也不可以忘了喔。那麼明天見。」

離開孤兒院後，吉魯一路送我到通往平民區的大門。到了大門，吉魯停下腳步，輕聲嘆了口氣。

「路茲，抱歉要占用你寶貴的休假。」

「沒關係啦，反正比起在家裡被使來喚去，去森林也比較輕鬆。」

說完我便邁出大門，進入平民區。與地面汙穢不堪的葛雷修不一樣，映入眼簾的艾倫菲斯特平民區既乾淨又整潔。看著懷念的街道，我不自覺地喃喃自語說：「終於回來了。」同時也感覺到自己整個人放鬆下來。

經過公會長家所在的渥多摩爾商會門前，再行走一段路後，轉個彎就能看見普朗坦商會。我抱著剩下五本書從後門進入店裡。

「馬克先生，我回來了。老爺在嗎？」

「路茲，你回來啦。先回來的達米安已經去向老爺報告了，老爺正心急地等著你的報告呢。」

馬克先生邊說邊回過頭來，我才發現他正在和一名陌生女性談話。對方的茶紅色頭髮盤了起來，所以應該已經成年了，但看來還相當年輕。而且教人驚訝的是，她居然穿著普朗坦商會的都盧亞制服，想必是在我去葛雷修的這段時間加入的。

「是新來的都盧亞嗎？」

「是啊，那我先介紹一下吧。她叫卡琳，是來自庫拉森博克的商人的女兒。出於一些原因，到明年夏天為止我們商會將負責照顧她。卡琳，他叫路茲，是名都帕里學徒，之前出外工作了很長一段時間，現在剛回來。」

我們向彼此道了聲「請多指教」。但到底是發生了什麼事情，庫拉森博克的商人會留在普朗坦商會這裡？我好奇地歪頭看著卡琳。

她給人的第一印象是長得很漂亮，但感覺很強勢。而膽小怯弱的女性也不可能大老遠從庫拉森博克來到艾倫菲斯特，所以可能是那種個性和男人一樣好強的人吧。端莊有禮的舉止很符合她大領地商人的身分，但一雙藍色眼睛洋溢著興味與好奇心。

卡琳看向我懷中的書本，眼神就像發現了獵物的貓一樣。大概是察覺到她的眼光，馬克先生微笑著移動一步，站到我與卡琳之間。

「路茲，請快點去向老爺報告吧。」

「是。」

我點點頭立刻離開，往老爺的辦公室移動。辦公室裡已經不見達米安的蹤影，老爺抬起頭來，赤褐色的雙眼裡堆滿笑意。

「路茲，回來啦。看來一切順利結束了吧？」

「是的。一開始發現葛雷修與伊庫那還有哈爾登查爾不一樣，平民與貴族完全無法溝通時，我還很擔心這下該怎麼辦。幸虧有羅潔梅茵大人，一切順利地結束了。」

發現基貝與承辦文官對平民區的工匠毫不關心時，我們真是大吃一驚，但幸好有梅茵以領主養女的身分居中協調，結果應該不會太糟吧。有後盾能夠支持、保護我們，真的讓人非常感激。而且梅茵以領主養女的身分善盡自己的職責時，她臉上的表情也不再是我從前認識的她，而是與那些身負重責的貴族一樣。

「接下來這三天你好好放個假吧，讓好久不見的家人看看你。」

「謝謝老爺。另外，這個請您收下，這是在葛雷修測試印刷機時試印的樣書。」

我遞出樣書後，老爺很快地翻開來看了看。

「我稍後也打算送一本去給奇爾博塔商會的睿娜特，請問可以嗎？」

「嗯，她一定會很高興。那乾脆我也一起過去吧。」

老爺迅速地收拾好文件站起來，和我一起前往奇爾博塔商會。老爺本來就常常會去奇爾博塔商會露面，代替溺愛妻子和女兒的歐托老爺，與睿娜特說說話，順便教導她如何成為繼承人。

「路茲，關於卡琳……」

一路上老爺告訴了我有關新員工卡琳的事情。他說卡琳是跟著父親一同來到艾倫菲斯特做生意，接下來大約一年的時間，也就是到明年夏天來接她回去為止，會由普朗坦商會負責照顧她。

「會把她託給老爺照顧，是希望她在這裡學習怎麼做生意嗎？」

「……路茲，你看來很高興嘛。」

「因為這代表庫拉森博克的商人認可了老爺的能力啊，我當然高興。」

大領地的商人選擇了普朗坦商會讓女兒留下來學習，這種事當然教人高興。然而，老爺卻是表情複雜地搔了搔頭。

「這是因為如果想取得我們的情報，簽約成為都盧亞是最快的方式。這一年可不曉得會被卡琳挖走多少情報喔。」

「但老爺也是知道這一點，還是答應下來了吧？」

「我是有不得不答應的理由。」

老爺深深嘆了口氣，但還是沒有為我說明到底發生了什麼事。看來，卡琳對老爺來說是十分棘手的存在。

「班諾舅舅、路茲！」

我們一走上奇爾博塔商會二樓，睿娜特就將上前來迎接客人的下人女性推開，從後頭冒了出來。半綁起的頭髮有著和老爺相似的髮色，五官則是與珂琳娜夫人很像。

「睿娜特，長高了不少喔。」

老爺伸手抱起睿娜特，她立即發出開心的大叫聲。睿娜特和老爺長得也有點像，所以老爺把她抱起來後，兩個人看起來就像父女。

……回想起來，梅茵以前因為走路速度太慢，老爺也經常像這樣抱著她移動吧。

睿娜特現在的個頭正好就和那時候的梅茵差不多。不過睿娜特很愛說話，記得我每次過來的時候，她的嘴巴從來沒有合上過。與年紀相仿的戴爾克和康拉德相比，她開始說話的時間更早，而且還流利得讓人大吃一驚，表達能力極佳。記得老爺曾說過：「睿娜特就只有睡覺跟吃飯的時候會安靜下來。」

「那麼，妳最近學了哪些事情？」

「舅舅我跟你說……」

睿娜特坐在老爺腿上，開始訴說她最近的學習內容。老爺一邊聽，一邊會再更詳細地指點，或者提出問題，確認她是否真的記住了。談話內容幾乎都是關於如何做生意，由此可知睿娜特與我受洗前不同，從小就以繼承人的身分學習經商之道。

今天珂琳娜夫人似乎教了她如何分辨布料的好壞。睿娜特說因為一歲的弟弟吸走了父母所有的注意力，所以她現在最期待的，就是能獨占母親珂琳娜夫人的學習時間。

「媽媽跟爸爸只疼克努特，每次都把我的事情擺在後面，也不認真聽我說話。」

「老大都是這樣，我以前也是。」

「班諾舅舅，你以前也很討厭自己是老大嗎？」

「是啊，偶爾。」

發現睿娜特的報告開始變成對弟弟的抱怨，老爺像是早有預料般往我看來，然後招了招手。明白老爺的意思是要我拿出樣書改變話題，我立刻向睿娜特遞出一本樣書。

「睿娜特，妳看。是新書喔，裡頭是我這半年在葛雷修蒐集到的故事。」

「路茲，謝謝你……這次的書好薄喔。」

和我之前帶來的書相比，這次試印的樣書相當薄。但由於樣書裡沒有寫給貴族看的複雜措辭，也沒有讓人看了一頭霧水的詩，所以應該很容易能看懂。

「裡頭的故事全是我們向葛雷修平民區裡的人蒐集來的，所以妳應該也能看得很開心……只不過沒有插圖。」

「是喔，但路茲帶來的故事都很有趣，我很期待喔。我再請媽媽唸給我聽。」

說完，睿娜特開心地把書抱在懷裡。恰巧這時候，保母帶著珂琳娜夫人的第二個孩子克努特走進來。似乎是睡完午覺剛起床，克努特整個人活力充沛。保母跟在他身後到處跑，笑著說他最近剛學會走路，所以得時刻盯著他才行。由於克努特走起路來搖搖晃晃，光看就很危險，正當他一個不穩跌坐在地時，房門突然打開，多莉走了進來。

「我還奇怪珂琳娜夫人怎麼突然叫我回家，原來是路茲來了啊。」

「我今天剛從葛雷修回來。這是禮物，是測試印刷機時試印的樣書，所以只有十幾本，數量非常稀少喔。」

「謝謝你，我之後再慢慢看。」

也送了一本給多莉後，現在我手上的樣書只剩兩本。這兩本是我和加米爾的。

「等一下我也會送一本去給加米爾，妳要一起回去嗎？」

「嗯……我看今天還是算了吧。明天還有工作，而且如果想要消化羅潔梅茵大人的訂單，應該會很忙碌。」

多莉搖頭說完，接著告訴我梅茵在染布比賽上選中了伊娃阿姨所染的布，然後她搭配那塊布料做好了一個髮飾。她的語氣雀躍又得意，聽得出來非常開心，但我不太明白她為什麼說自己會很忙。因為如果是指過冬準備，現在還沒做完的話會來不及吧。

「冬季的社交界就快到了吧？妳說會很忙，難道是這部分的工作還沒做完嗎？」

「冬天的份已經做完了喔，但去年冬天羅潔梅茵大人曾送來王族的委託，所以今年冬天也不可能什麼事都沒有吧？要是不提前趕工，先做好春天的髮飾，到時候如果突然接到訂單就沒有時間完成了。我們去年可是差點趕不出來。」

「啊～這倒是。」

……梅茵做事絕對又會出人意表。

雖然完全預想不到她會做什麼，但肯定又會做出什麼事情來，這點我相信。為了在接到突如其來的委託時也有辦法應對，必須提前做好準備。

「但說是這麼說，能想到的事情我都做了喔。像春天的髮飾我現在正在做，還有她說過要發給貴族學校朋友的臂章，我也多做了三個備用，這樣要是她朋友變多了也不用擔心。另外我也先想好了幾個設計，就算又接到王族的髮飾委託也不會手忙腳亂。」

多莉扳著手指，列出了自己能夠預先做好的準備。不愧是梅茵的姊姊，可以預想到梅茵可能會做的事情，並且採取對策，太厲害了。

「知道了。那妳加油吧。」

「路茲，你出去那麼長時間剛回來吧？至少今天先好好休息吧。」

「我會的。」

「難得有自由時間，我回去繼續做髮飾了。」

多莉說完輕揮了揮手，走回自己的房間。聽見我們兩人對話的老爺聳了聳肩。

「路茲，你可以回去了。我再多陪睿娜特一會兒。」

「謝謝老爺。那我告辭了。」

「路茲，下次見。」

睿娜特揮手向我道別。我揮手回應後，先是回普朗坦商會一趟，把自己的那本樣書放在房間裡，然後換上要回老家的衣服。

「……回老家用的衣服好像也該買新的了。」

現在因為常常要按梅茵的指示在領內各地到處跑，很少有機會回老家，滿是補丁的衣服也變得很少穿。偶爾一穿，就會發現衣服變得完全不合身，不只變得太短，肩膀和手肘這些地方也太緊了。

帶著要給加米爾的書離開房間後，我開始往老家移動。不過我不是直接回家，而是先在中央廣場朝東轉彎，在露天攤販也買了些要帶回老家的東西。拉爾法和我一樣正在發育，而且經常餓肚子，與其送書，送幾串大香腸他肯定更高興。

接著我一如往常，在回家前先去了趟梅茵家。敲了門報上名字後，加米爾便發出歡呼聲來開門。加米爾的髮色與瞳色都和梅茵非常相似，但五官比較像昆特叔叔，所以整體給人的感覺還是不太一樣。

「路茲，你回來啦。葛雷修好玩嗎？」

「喏，這本書是給你的禮物，內容是我們向葛雷修的工匠蒐集來的故事。」

「好耶！」

加米爾從小就不斷收到梅茵所構思的兒童書籍與玩具，邊玩邊長大，結果還真的如梅茵所願，長成了愛看書的孩子。我把樣書遞給加米爾後，正在煮飯的伊娃阿姨停下手來，回過頭說道。

「路茲，謝謝你每次都特地送過來。」

「伊娃阿姨，聽說妳在染布比賽上成為羅潔梅茵大人的專屬了？剛剛在奇爾博塔商會遇到多莉，她跟我說的。」

伊娃阿姨隨即露出既高興又落寞的笑容，搖了搖頭。

「還沒呢，羅潔梅茵大人無法決定專屬是誰。這次雖然會用我的布料來製作冬衣，但我並沒有因此成為專屬。」

她說領主夫人與領主的千金都決定了要把文藝復興的稱號賜給哪個工匠，但梅茵還無法決定。也因為梅茵的專屬尚未定下人選，染布工匠們正為此展開激烈競爭。

「明年春天或夏天的服裝，得讓她選中我的布料才行。」

儘管嘴上這麼說，伊娃阿姨眼底卻燃燒著熊熊的鬥志。

「而且因為加米爾現在可以去森林了，我也打算投注更多心力在染布上。」

「對喔。加米爾也到了可以去森林的年紀。」

「我從夏天就開始去森林了。像今天也是，我採了很多東西回來喔。」

說完，加米爾一臉得意地拿來戰利品擺在桌上。不同於以前曾跟我一起去森林的梅茵，加米爾既沒採到毒香菇，也有力氣自己揹籃子，所以帶回來的收穫相當多。

……梅茵那時候真的很沒用呢。

「很厲害吧？」

「是啊。我明天也要去森林，到時候可不能輸給你。」

面對露出得意笑容，仰頭朝自己看來的加米爾，我大力摸了摸他的頭這麼稱讚道。

瞬間加米爾高興得雙眼發亮。

「真的嗎？我還是第一次跟路茲一起去森林。」

「抱歉，我是要帶著孤兒院裡叫作戴爾克與康拉德的兩個孩子去森林。但如果你不嫌棄的話，可以跟我們一起行動。」

孤兒院裡的孩子們開始去森林以後，到現在差不多五年了。會在森林裡遇到的平民孩子們，雖然眼光已不再那麼帶有偏見，但大人的眼光不會輕易改變。梅茵曾經無奈表示，只能從一起行動的古騰堡夥伴開始慢慢改變了。她還說帶有偏見的目光，想要靠外力改變是不可能的，必須在實際相處過後，親身體會到孤兒們與自己並沒有不同，而且有著連自己也比不上的強項，然後從內在的想法開始改變才有意義。

「戴爾克與康拉德所在的孤兒院是由羅潔梅茵大人在管理的，他們和你一樣，平常也會看羅潔梅茵大人做的書、玩羅潔梅茵大人做的玩具，說不定會聊得來喔。」

梅茵所發明的玩具，這一帶的孩子根本玩不起。所以多莉說過，加米爾能看懂聖典繪本以後，跟這附近在生活上完全不需要識字的孩子們有時會聊不起來。

「……所以我有的繪本，他們也都有嗎？」

「是啊。」

「跟他們聊到羅潔梅茵大人給的玩具，家人也不會生氣？」

加米爾答應過家人，不會向鄰居提到有關梅茵的任何事情，還說這是他與昆特叔叔男人間的約定。除了有關梅茵的事情，會讓人聯想到她的玩具當然也不能提。

「他們也非常喜歡羅潔梅茵大人喔。而且如果要比歌牌，他們應該都比你強。」

「那我要一起去！」

加米爾猛地舉高雙手，雙眼燦亮生輝。

雷蒙特視角・領地與師徒的關係

Kazuki Miya's commentary

第四部VI的特典短篇。
雷蒙特視角。
背景是第四部VI羅潔梅茵首次造訪赫思爾研究室的時候。
從雷蒙特與赫思爾的相識開始，
到與羅潔梅茵的初次見面，
再到成為斐迪南的弟子為止，
簡略地描寫了大致經過。
中間也穿插了些雷蒙特的家庭情況，
以及亞倫斯伯罕舍內的情形。

小小幕後筆記

看到羅潔梅茵總被見習護衛騎士團團包圍，對於這樣的領主候補生，他領的中級貴族究竟有何感想呢？希望讀者們可以感受到雷蒙特的判斷標準之一，來自於自領領主候補生平常的言行。

「你叫什麼名字？」

「咦……啊，我叫雷蒙特。」

我還清楚記得，赫思爾老師這麼問我時，臉上的單眼鏡片閃過光芒。那是在去年二年級的調合課上。平常授課的都是賈鐸夫老師，但那一天他似乎有事，所以由赫思爾老師來代課。每當課程進入後半段，社交週開始了，最終測驗也即將到來，這時候就會有合併教室、老師換人的情形發生，其實並不稀奇。不過，在那之前我從沒上過赫思爾老師的課，所以內心十分疑惑，不曉得負責其他年級的老師叫住自己有什麼事。

「你才二年級，就對改良魔法陣與如何節省魔力有興趣嗎？」

「是的……那個，說來慚愧，因為我雖是中級貴族，但魔力量並不多。所以我才在想，能不能簡化或把魔法陣拆開來，這樣子使用魔導具時就能省點魔力。」

比如調合這種需要用到魔力的術科課，我經常上課上到一半就耗盡魔力。即便學科課可以快速通過，術科課卻老是要耗上很久時間。而且因為我魔力不多，流動也不穩定，還經常失敗。比起動手調合的時間，我在喝完回復藥水後，等著魔力恢復的時間要更長。所以，我決定把等魔力恢復的時間用來研究魔法陣。

赫思爾老師拿起了我寫著可以如何節省魔力的木板，看得十分專注。她若有所思地用食指抵著下巴，對著半空出神了一會兒後，忽然對我微笑。

「看來你具有改良魔法陣的才能呢，有沒有意願當我的弟子？」

周遭的人們一陣喧譁，吃驚地看著我與赫思爾老師。這也是當然的吧，因為像我這樣接近下級的中級貴族，一般根本不會有老師開口招攬。就算我主動去請老師收自己為徒，他們也會優先選擇有機會進入中央的學生，所以一向被拒絕居多。

……這是在戲弄我嗎？像我這種人如果成為老師的弟子，可能會讓旁人眼紅，給自己帶來麻煩吧？

瞬間這樣的想法閃過腦海，我仰頭看向赫思爾老師。但是，在她看著我的紫色雙眼中，我沒看見一絲一毫的說笑與調侃。這是我生平頭一次得到他人的認可。因為我魔力量少，家人也對我完全不抱期待，所以我從沒想過會有人認同自己。內心猛然冒出一個聲音說：「這種機會不可能有第二次，快點把握！」

「我願意！還請老師多多指教。」

「這裡便是我的研究室，只要你最終測驗沒有不及格，想在這裡做什麼研究都隨你。因為尤根施密特現在普遍魔力不足，非常需要可以節省魔力的魔導具呢。」

一開始，赫思爾老師研究室的雜亂程度令我十分吃驚，但很快也就習慣了。因為就算臨時想到什麼寫下來，暫時放在旁邊，也不會有侍從趁著自己未注意時收走；只要是研究室裡的資料，不管我拿什麼來看都不會被老師罵；直到第六鐘響為止，我也可以愛研究多久就研究多久。在這裡待起來無比輕鬆自在。

……雖然不能期待問了問題以後，赫思爾老師會為我細心解答。

赫思爾老師不是會細心教導弟子的類型。她會指定一份資料，然後要我自己找出答案。我如果提出問題，她只會為我解釋基本的原理，但如果想問得更深入，她提供的往往不是解答而是建議。

「我不是嫌指導你很麻煩，而是自己的疑惑若不自己找到答案，研究就無法持續下去。我希望你能成長到和我一起討論研究的結果。」

赫思爾老師並不否認她確實懶得整理亂糟糟的研究室，但她的教育方針似乎並非同樣出於懶惰，而是深思熟慮後的結果。雖然看在他人眼裡，赫思爾老師的研究室簡直就像垃圾場，但屋內其實有著一座座我從未見過、也從未聽說過的魔導具。平常進行調合的房間旁邊，還有一個類似儲藏室的小房間，裡頭同樣堆滿了資料與魔導具。

「我這裡的魔導具，你儘管拿去研究沒關係，況且有很多魔導具得灌注大量的魔力才能運作，不是你想用就能用。只不過，除了這個望遠用與播放用的魔導具，其他有不少都是危險的攻擊用魔導具，如果還沒具備基本知識，你可別隨便亂摸。」

「播放用的魔導具是什麼？要怎麼使用？」

「你還記得我會在課堂上使用魔導具，把調合的步驟映照在白布上嗎？就是從那個延伸而來的魔導具。聽說可以把動作完整錄下來……這個應該是最一開始的試作品吧？」

……把動作完整錄下來……？

那種可以把寫好的東西記錄下來，反覆映照在白布上的魔導具，課堂上我只見過赫思爾老師使用過。明明非常方便，我卻從沒看過有其他人在使用，沒想到竟然還有由此延伸而出的魔導具。我興奮地看向一座座的魔導具山，但由於實在太亂了，根本看不出來什麼是什麼。

「既然老師說了這是試作品，代表這裡還有完成品囉？」

「大概也放在研究室裡吧，但我已經擺著沒用好幾年了，應該很難馬上找到。」

赫思爾老師擺了擺手說。但是，明明有個我根本想不出這種創意、使用起來也非常方便的魔導具在，老師竟然就這麼放著不用。

「這個魔導具感覺很方便，赫思爾老師平常卻不使用嗎？」

「因為那位大人做的魔導具很耗魔力，我還有自己的研究要做，才沒有餘力去使用那種極耗魔力的魔導具。」

「……那位大人？」

「就是我的另一個弟子，艾倫菲斯特的斐迪南大人。他想出來的魔導具都極具創意，而且自己也有能力做出成品。只可惜他那時候是領主候補生，所以無法轉籍至中央，我也很遺憾。」

聽到這是十年前就讀貴族院的領主候補生所做的魔導具，我對那位斐迪南大人產生了興趣。據說斐迪南大人同時修習了領主候補生與文官課程，不僅對魔導具的研究灌注了超乎常人的熱情，還接連發明了不少魔導具。

「老師，那請問斐迪南大人製作這個魔導具時的資料……」

「他的見習文官都會仔細幫忙整理，寫好以後，資料應該是他自己拿著吧？我想還留在研究室裡的，大概就只有他為了後續要整理所寫的筆記，以及他原本抱有疑惑，但在找到答案後馬上就失去了興趣的資料吧。」

「……希望以後有機會能看到斐迪南大人整理的資料。如果可以，我也好想向他討教，比如他是怎麼想出那些富有創意的魔導具。」

聞言，赫思爾老師笑了起來，把書本和資料堆成小山。

「依你現在的程度，還看不懂斐迪南大人的資料和魔法陣吧。首先你得吸收基本知識，希望到了明年冬天，你就能分析並改良斐迪南大人的魔法陣了。」

自那之後，我一直在看書，數量多到我敢斷言，這是我有生以來第一次看這麼多書。赫思爾老師借給我的書中，塞滿了數之不盡、取之不竭的知識。一般根本不可能不付保證金，就借到這些昂貴又貴重的書籍，像我這樣的貧窮貴族，甚至沒辦法去圖書館借本書回來。

不僅如此，當課程結束、要返回領地之際，赫思爾老師還丟了大量的作業給我說：「這些東西你要在明年冬天之前搞清楚。」順便也借給了我有助於完成作業的資料。這些作業對我來說，簡直就像天上掉下來的禮物。

回到領地以後，我在家裡毫不感到厭倦地閱讀赫思爾老師借我的資料，接連完成她指定的作業。我告訴家人，自己在貴族院拜到了師父，可以的話將來想轉籍至中央，然後就專心一意地投入閱讀。儘管家人都一臉不敢置信，但赫思爾老師借我的一疊疊資料，正是不容質疑的鐵證。

我翻看資料、累積知識，在做見習工作的時候，也會仔細觀察現場所用的魔導具及其魔法陣，不斷思考該怎麼做才能將其簡化。

整個世界彷彿變了一個樣。就算家人對我說：「你的魔力量不可能讓你遷去中央。」我也不以為意。為了自己想做的事情，我願意全力以赴。這還是我頭一次覺得時間怎麼過得這麼快，整個人投入到廢寢忘食的地步。我深刻體會到了什麼叫做充實。

時序進入冬天，升上三年級的我再度返回貴族院，把書還給赫思爾老師。我很快就修完學科課，努力讓自己有更多的時間能待在研究室，然後著手開始改良魔法陣。我拆解了複雜的魔法陣，將其簡化成好幾個部分。發現自己確實藉由閱讀得到了知識，這種任何事物都難以取代的快樂讓我忘了時間的流逝，徹底沉浸其中。

真希望這樣的日子能永遠持續下去。正當我如此心想時，變化無預警地到來。而帶來這個變化的，正是艾倫菲斯特的領主候補生羅潔梅茵大人。

「那我們告辭了。」

針對魔法陣的改良討論了幾個問題後，羅潔梅茵大人一行人便離開了。確認腳步聲正逐漸遠去，我這才放鬆下來，呼出一口長長的氣。赫思爾老師輕笑起來。

「你對羅潔梅茵大人的印象如何？」

「她本人似乎很好相處，但護衛騎士們全都兇神惡煞地瞪著我瞧，而我還得在這種情況下為她說明，實在讓人如坐針氈。幸好他們很快就走了。」

託赫思爾老師的福，能夠吃到那麼美味的食物我固然覺得幸運，但也嚇得我幾乎就要登上遙遠的高處。真希望有護衛騎士隨行的領主候補生，別欺負我這個根本沒人保護的低階貴族。畢竟若同樣都是領主候補生，會變成是艾倫菲斯特的人基於領地排名而不敢有怨言，但也不能因為這樣，就利用身分差距來欺負中級貴族啊。

「我只是微不足道的中級貴族而已，根本不想與他領的領主候補生扯上關係……雖然不知道有什麼內情和理由，但我希望上位者的事情可以由他們自己解決。」

「下級與中級貴族只要考量領內的情勢即可，但領主一族沒這麼簡單，還得顧及與他領的關係嘛。」

一直以來我都以為身分越低的人，日子越辛苦，但看來地位高的人也有自己的煩惱與難題。雖然單看蒂緹琳朵大人在宿舍裡的模樣，我一點也不這麼覺得就是了。

「赫思爾老師，羅潔梅茵大人往後還會出入研究室吧？所以每次她來，她的護衛騎士們就會一直瞪著我瞧嗎？該不會還因為我是亞倫斯伯罕的學生，領主就不允許我當老師的弟子？」

只要看看傅萊芮默老師就知道了。中央貴族中，最容易受到出身領地影響的就是舍監。倘若領主對亞倫斯伯罕抱有負面觀感，命令赫思爾老師不能收那裡的學生為徒，她也只能遵從吧。

但因為亞倫斯伯罕的排名比艾倫菲斯特要高，假如我是與領主有關係的貴族，還有可能向自領的領主提出請求，請他要求艾倫菲斯特收回成命。然而，我不過是被主流勢力排除在外的中級貴族，也不是什麼為人所知的優秀者。

……最終只會和以前一樣，一切都被人奪走吧。

「你放心，不管奧伯．艾倫菲斯特說什麼，反正我從沒欠過人情，所以他們沒有資格命令我。」

儘管我深陷在不安當中，赫思爾老師還是一派氣定神閒，擺擺手驅除我的不安。她說自己現在都不是拿艾倫菲斯特的資助在做研究，而是由弟子斐迪南大人以個人名義為她提供支援。

「斐迪南大人也是我的弟子，他很清楚我的教育方針。」

看到赫思爾老師那般充滿信心又得意洋洋的模樣，我便安下心來，隔天繼續在研究室裡與魔法陣奮戰。我正試圖拆解斐迪南大人魔導具所用的魔法陣，希望能用比較不耗魔力的方式，做出用途相似的魔導具。

……錄影這部分似乎是運用了水鏡的原理，至於能夠反覆觀看是……

「赫思爾老師，我是艾倫菲斯特的布倫希爾德。」

門外忽然傳來說話聲，我轉頭看向房門，然而赫思爾老師卻是一動也不動。見狀，我也再次低頭看向手邊的魔法陣。在這間研究室裡，大概是因為我們兩人都想繼續做自己的研究，所以屋內有種「誰先動就輸了！」的緊張感。

「老師，有人找您喔。」

我強調訪客要找的人不是自己，但赫思爾老師依舊頭也沒抬。

「你離門更近，快去開門。」

然而論權力關係，當然還是我的地位遠比赫思爾老師要低，我只好無奈地上前開門。布倫希爾德似乎是昨天來訪過的羅潔梅茵大人的見習侍從，她多半是上級貴族，一臉厭惡地看向研究室後，動作有些高傲地遞出木板。

「赫思爾老師，今晚請回宿舍用餐，斐迪南大人說他有話想當面與您詳談。這是邀請函。」

接過木板後，赫思爾老師一臉懷疑地看起內容，隨後垂下紫色雙眸。

「斐迪南大人竟然要親自前來，這是怎麼回事……大人要出手干涉貴族院裡的事情嗎？」

「因為斐迪南大人說了，魔導具該由製作者負起責任進行處置……這裡有很多吧？」

布倫希爾德微微一笑，目光掃視研究室一圈，然後停留在我研究到一半的魔導具上。她說得沒錯，此刻在我手上的，也是斐迪南大人所製作的魔導具。她怎麼會知道？難道在艾倫菲斯特，很多人在使用這種魔導具嗎？我的後頸一陣發涼。

「斐迪南大人似乎是不希望他所做的魔導具與研究成果，外流到他領去。那麼赫思爾老師，第六鐘恭候您的到來。」

送完邀請函，布倫希爾德便像是不想再多做停留般，立刻轉身走出研究室。從她的態度絲毫感受不到對赫思爾老師的敬意。我好像可以理解為何赫思爾老師明明是舍監，卻不想待在宿舍裡的心情了。

「……您要赴約嗎？」

「是啊。因為艾倫菲斯特派斐迪南大人來貴族院的表面藉口太完美了，真不知奧伯・艾倫菲斯特託他帶了什麼口信……得去聽一聽才曉得了。」

赫思爾老師雖然面帶微笑，聲音卻沒了昨天的氣勢，看起來還像在努力壓下內心的慌亂。

「如果因為我的關係，害得老師左右為難……」

「這種事你不用擔心。你是我的弟子，不管誰說了什麼，都不會改變這個事實。好了，在第五鐘響之前，我們繼續研究吧。」

赫思爾老師說完，再次提筆握在掌心。我也跟著重新看向魔法陣。

……我會不會不能當赫思爾老師的弟子了呢？

內心生起不祥的預感，讓我心神不寧。我死死盯著魔法陣與寫到一半的筆記，努力不讓不安與動搖表現在臉上。

……呃，我剛才是想到哪裡？

然而，直到剛才為止還很順利的改良工作，卻在此刻完全陷入停擺。我甚至覺得魔法陣開始扭曲，自行動了起來。

……使魔導具可以反覆觀看的……是哪個屬性？

明明剛才一下子就想到了，我現在卻搞不清楚自己想到了什麼。一定要繼續研究才行。然而越是這麼心想，腦筋越是一片空白，結果我一點進度也沒有，第五鐘就響了。

「今天就到此為止吧。因為是正式的邀請，在第六鐘響前，我也需要點時間打理服裝儀容。」

我得叫來侍從，進行準備——赫思爾老師這麼說著，把我趕出了研究室。於是我離開文官樓，走進迴廊，不久便看見圖書館。那麼第六鐘響前，去圖書館看看書吧。但就在我稍微加快腳步後，忽然想起了昨天羅潔梅茵大人熱切談論圖書館的模樣。記得她說過，她每天都會去圖書館。那麼，今天搞不好也在。一思及此，我的雙腳倏地停下。

……我現在不想看到羅潔梅茵大人與她的近侍。

最終，我快步返回亞倫斯伯罕舍。

「雷蒙特大人，這是您升上三年級以後，頭一次第六鐘還沒響就回到宿舍吧？」

侍從十分驚訝我的早歸。我一邊回答：「因為赫思爾老師說她有事，先關閉了研究室……」一邊走向書桌。現在多功能交誼廳裡，以蒂緹琳朵大人為中心的主流派系正聚在一起高聲談笑，我一點也不想走進去。我打開其實根本看不下去的資料，裝作繼續讀書的樣子。

然後第六鐘響了。赫思爾老師已經前往艾倫菲斯特舍了嗎？還是說準備好後，因為還有點時間，就說著「我再看一下……」，忍不住又動手研究，結果被侍從唸了一頓？往窗外一看，也只能見到夜晚覆著白雪的森林。

……雖然赫思爾老師要我不用擔心，但怎麼可能不擔心。

羅潔梅茵大人的護衛騎士們表現出那麼激烈的反應後，隔天赫思爾老師就收到了邀請函。面對這種情況，我哪有辦法安心地等待結果。

……要是我不能當赫思爾老師的弟子了怎麼辦？

我的魔力量之少，可是從小到大連家人都說：「如果不是因為政變與肅清的關係，導致貴族人數驟減，你老早就被送去神殿了。算你運氣好。」就算去拜託赫思爾老師以外的人，恐怕也不會有老師願意爽快地收我為徒。

……好不容易家人也稍微有認可我的跡象了……

在餐廳吃晚餐的時候，我想起了昨天羅潔梅茵大人帶來研究室的簡單輕食。赫思爾老師分給我的食物，美味得教人大吃一驚。在亞倫斯伯罕舍，餐點內容會依階級而有所不同。果然領主候補生吃的東西就是比較好吃吧，太羨慕了。

……但話又說回來，為何艾倫菲斯特會如此敵視亞倫斯伯罕呢？

如今艾倫菲斯特出身的喬琪娜大人成了亞倫斯伯罕的領主第一夫人，還有兩名女性貴族嫁往艾倫菲斯特。我曾聽見大家對此評論說：「喬琪娜大人也太偏袒故鄉了。」「有必要那麼照顧排名在下的艾倫菲斯特嗎？」但是，我從沒聽說亞倫斯伯罕與艾倫菲斯特之間，曾發生過什麼事情會讓他們如此警戒。

……還是嘴上說是領地間的關係，但其實只是領主候補生之間的紛爭？

我邊吃著晚餐，邊看向遠處的領主候補生蒂緹琳朵大人等人。就連在宿舍裡頭，有時她對待其他學生的態度也非常蠻橫。說不定是蒂緹琳朵大人說著亞倫斯伯罕是排名更高的領地，然後就對羅潔梅茵大人提出了強人所難的要求。

……很有可能……

有時明明是上位者做的事情，常常下位領地的上位貴族卻會來找我這樣的低階貴族出氣。但是就這一次，我祈禱著不要影響到師徒關係。

我懷抱著鬱悶的心情，就此度過了漫漫長夜。

隔天，為了趕快知道談話的結果，我一上完課就衝進赫思爾老師的研究室。打開門的瞬間，就發現研究室變得格外空曠。原本堆在桌上和架上的資料變少了，儲藏室裡多到連門也關不上的魔導具同樣不見蹤影。看樣子，斐迪南大人把他留下的資料與魔導具都帶回去了。

……我完全不被接受。

一眼便能看出對方鐵了心不讓來自亞倫斯伯罕的我碰到那些東西，我彷彿跌進絕望深淵。我本來還奢望著，希望總有天斐迪南大人能讓我看他整理好的資料、可以一起討論魔導具，這樣的心願卻在此刻徹底粉碎。

「……赫思爾老師。」

我看向一如往常，在羊皮紙上畫著魔法陣的赫思爾老師。我若繼續當老師的弟子、出入這間研究室，這樣真的好嗎？要是赫思爾老師堅持收我為徒，往後會不會就得不到研究所需的資料，經濟也陷入拮据，還會碰上不愉快的事情？

這種時候該說什麼才好？我的目光在研究室裡亂飄，尋思著可以說的話。然後，我看見了去年冬末老師借給我的，我埋頭看了很久的資料；也看見了隨手寫下腦中思緒的成堆筆記，以及畫到一半還攤放在桌上的魔法陣。自己埋頭苦讀過的研究內容一一閃過腦海，我不禁感到想哭。我不想離開這裡，還想做更多研究。

「……我不想離開。」

「你在說什麼啊？我不是說了，你是我的弟子嗎？」

本來在畫魔法陣的赫思爾老師放下筆，抬頭看向杵在原地的我，單眼鏡片忽然閃了下光芒。

「對了，雷蒙特，你有意願成為斐迪南大人的弟子嗎？」

「……什麼？」

我好像產生了幻聽。你有意願成為斐迪南大人的弟子嗎？——如果我是在作夢，這夢未免也美好得太不真實。實際上老師到底說了什麼呢？我反問後，赫思爾老師先是嘆了口氣，再告訴我昨晚她與斐迪南大人的談話內容。

「昨晚我與斐迪南大人討論了許多，包括危險的魔導具該如何處理，還有對於情報外流的看法等等。」

她說由於我擅長改良，危險的魔導具必須收走才行。此外，雖然詳情不方便告訴我，但亞倫斯伯罕與艾倫菲斯特之間似乎有什麼嫌隙，所以擔心情報會洩露出去。

「關於情報外流這部分，會由我小心留意。然後我也告訴斐迪南大人，你對他做的魔導具非常感興趣，也擁有改良魔導具的才能，於是斐迪南大人也對你產生了興趣。再加上羅潔梅茵大人似乎曾在報告裡提出請求，希望能把書借給你看。」

聽說羅潔梅茵大人熱心地轉述了我是如何改良，並且強力推薦了我。承蒙她看得起，我才能夠接受斐迪南大人的遠距離指導。

「當然，前提是你有意願，而且也要通過斐迪南大人的測試。從他出給愛徒羅潔梅茵大人的作業就能知道，斐迪南大人的教導非常嚴格，你若隨便答應，以後有可能會叫苦連天喔。」

由於太過幸運，我一時間完全無法理解發生了什麼事。但是，就和赫思爾老師問我要不要當她的弟子時一樣，心裡有個聲音在說：要是錯過了這個機會，你一定會後悔！現在絕對不能遲疑。

希望有朝一日，能與斐迪南大人一起討論魔導具——如此奢望的人，正是我自己。經過這一年，我已經了解到了只要是自己渴望的知識，學習起來根本不會感到痛苦；也領略到了能夠全心全意投入研究的快樂。

……測試？想盡辦法通過就好了吧！

跟因為領地和身分的關係，就不能再當弟子的不安與絕望比起來，能否通過斐迪南大人測試的不安根本不算什麼。因為只要自己努力，就能得到回報。

「我願意！請務必讓我嘗試！」

我用盡全力大聲回答。

歐托視角・旅行商人的委託與過冬準備

Kazuki Miya's commentary

第四部VII的特典短篇。
歐托視角。
故事背景在第四部VII中冬天即將到來的秋季尾聲，
從前認識的旅行商人約了歐托見面。
如今艾倫菲斯特的平民區已與從前大不相同，
過往時常進出此地的旅行商人對此會有怎樣的感想呢？
另外關於羅潔梅茵無緣見到的卡琳，
也穿插了些歐托與班諾對此的看法。

小小幕後筆記

成為奇爾博塔商會的老闆以後，歐托久違地來到了士兵時期經常光顧的耶柏的酒館，這樣的場景寫起來非常開心。不僅如此，多莉身為奇爾博塔商會的都帕里學徒也成長了許多，都敢和當老闆的歐托談條件了呢。

從木箱裡翻出從前的衣服換上後，我對心愛的妻子喚道。
「珂琳娜，有人找我，我出去一會兒。」
「哎呀，歐托，你要出門，穿那麼舊的衣服沒關係嗎？」
「因為對方是以前的老朋友。」
我所謂以前的老朋友，就是當旅行商人時認識的人。也向孩子們道別後，我走出家門。下樓後來到建築物外，冷風猛地拂上脖子。
「嗚哇，想不到現在這麼冷了。」
我捂著外衣領口，加快腳步。仔細回想起來，今年夏天因為太過忙碌，甚至沒來得及感受炎熱。如今他領的御用商人都回去了，領主一族的女性成員所主辦的染布比賽也已經結束，奇爾博塔商會總算可以歇一口氣。不過，很快地又要進入準備過冬的時期，所以還得忙上好一段時間。
「不知道多勒米找我有什麼事……」
今天約好碰面的旅行商人多勒米，在我還是旅行商人時受他不少關照。多勒米主要是在法雷培爾塔克到艾倫菲斯特那一帶行商，當初我就是請他代為向父母轉告，說我決定與珂琳娜結婚，以及賺來的錢都會用來購買市民權，所以欠了他很大的人情。現在到了該償還的時候嗎？我這樣心想著，走進耶柏的酒館。
以前當士兵的時候，我經常與當時還是班長的昆特一起光顧，但近來因為要接待大店的店主，常常是去義大利餐廳，好一陣子沒過來了。我往人聲嘈雜的店內環顧一圈，看見多勒米坐在角落的桌邊朝我輕輕揮手。我揮手回應後，走向店內的櫃檯。

「耶柏，我要一杯卑禮亞和香腸。」

「噢，這不是大店的老闆嗎？真是稀客，我還以為你再也不上門了。」

「有時候也會想脫下那身重得要命的漂亮衣服嘛，你懂的吧？」

「那倒是。」

我掏出大銅幣後，耶柏哈哈笑著接過，伸手拿起木杯。隨後我拿著裝滿卑禮亞的木杯，走向多勒米所在的桌子。

「唷，多勒米，好久不見了。」

「歐托，還好你願意來見我。看到城市變化這麼大，我還以為搞不好連你也變了……畢竟你不知道什麼時候就成了大店的老闆嘛。」

多勒米誇張地大口嘆氣，招呼我坐下。我苦笑著坐下後，喝起卑禮亞酒。旅行商人們一起喝酒時，並不會向凡圖爾獻上祈禱，因為旅行商人不是受到諸神認可的存在。

「話說回來，才一年的光景而已，這裡的變化也太大了吧？我還以為自己來到了另一座城市。不光是街道變乾淨了，就連丟垃圾也有了新規定，之前我只是把垃圾隨手一丟，就有士兵怒氣沖天地跑過來制止。搞什麼啊，真是的。」

大概已經喝了不少酒，多勒米面紅耳赤地發起牢騷。今年夏天見到艾倫菲斯特有了這麼大的變化，我已經看過不知多少旅行商人都目瞪口呆，所以只能苦笑。

「我們也花了好一段時間才適應啊。要是不保持乾淨，領主大人可會用魔法把我們居住的平民區夷為平地。」

「怎麼可能啊……」

「就是因為有可能，士兵才那麼嚴格制止。多勒米，你是外人，所以可能還只有口頭警告而已，但要是屢勸不聽，就會把你當成是危險人物趕出城去，再也不讓你進城。你還是小心一點吧。」

我這麼提醒後，多勒米皺起臉龐，「怎麼變得這麼麻煩。」自從領主大人開始留意平民區的情況，確實有不少事情都變得相當麻煩。面對突如其來的變化，也有老一輩的居民抱怨連連。但是，我倒覺得這樣的改變很有意思。

「歐托，你啊，去年這時候根本沒說過今年會有御用商人進出吧？而且明明現在多了不少像手壓式幫浦這類的新東西，市場上卻找不到最新流行的商品，這是怎麼一回事啊？」

所謂御用商人，就是指遵照領主會議所簽訂的協議，出外採購商品的大店商人們。和不屬於任何領地、在全國各地流浪行商的旅行商人相比，身分截然不同。

「這是因為艾倫菲斯特的聖女醒來後，一切都開始有了變化。而且在引來他領的矚目後，他們便派遣御用商人前來……你想談的正事是什麼？特別找我出來，應該是有什麼事情吧？」

如果只是要推銷在他領購買的商品，不必特地約我出來，去找專門收購這類商品的商家就好了。肯定是有事要拜託我，而且還是只有旅行商人才能了解、才能感同身受的事情。

「既然你不拐彎抹角，那我就直說了。其實是冬季期間有位村長願意收留我，而我想幫他女兒張羅髮飾。她很喜歡我去年帶去的髮飾，所以我答應了她，今年會再買一個紅色的髮飾帶過去……誰知道店裡頭竟然一個也沒有。」

去年的這個時候，為了即將到來的平民秋季成年禮與冬季洗禮儀式，店內擺滿了各式各樣的髮飾。然而到了今年，奇爾博塔商會卻沒有擺出任何髮飾。

「因為從夏天到初秋，來自中央與庫拉森博克的御用商人們把髮飾都買光了。現在光是趕製接到的訂單就已經忙不過來，就連城裡女孩們訂做的髮飾，也不知道能不能如期趕出來。」

「居然到了這種地步嗎……」

「接下來就只能等冬天的手工活了。因為這陣子要開始準備過冬，沒辦法再要求工藝師們趕工。」

要是沒能做好充足的過冬準備，這可是攸關生死的大問題。況且髮飾可以趁著冬季無法外出的時候慢慢製作，所以重要程度一定被往後排。

「……話雖然這麼說，但我畢竟也曾是旅行商人，非常了解冬季棲身處的重要性與能不能相處融洽。」

旅行商人沒有市民權，唯一擁有的明確居所就只有自己的馬車，所以冬天若找不到願意收留的人家，很可能活不到春天。此外，與好心收留的人家能否相處融洽也非常重要，因為要在封閉的空間裡長期相處，旅行商人的身分很容易被無端遷怒。萬一惹得村長的女兒不高興，多勒米今年冬天恐怕會不好過。

「歐托，我就知道你能明白。」

「可是，要找到既不是髮飾工藝師但又知道做法的人，品質還不能太差，這實在不太容易哪。」

既然髮飾是要賣給村長的女兒，就算能私下提供初學者的練習作品，只怕品質也無法讓對方滿意。好歹是村子裡最有權勢的人家，需要那種能賣給富家千金的成品。但是這樣一來，得有一定手藝的工藝師才做得出來，但現在根本沒有人抽得出時間。

我馬上開始回想至今有哪些富家千金訂做過髮飾。接下商會以後，雖然接待過的客人都能清楚記得，但為他們製作髮飾的工藝師們目前也都有做不完的訂單。

……有沒有並未正式登記的髮飾工藝師呢？我記得最一開始做髮飾的人是多莉與梅茵……啊！

就在我飛快動腦思索時，多莉的母親伊娃掠過腦海。伊娃是梅茵的母親，一開始也做過髮飾。而且我聽說，為渥多摩爾商會的芙麗妲以及為羅潔梅茵大人的洗禮儀式製作髮飾時，多莉都是和她一起做的，手藝上完全沒問題，也是最適合拜託這件事的人選。只是染布比賽過後，羅潔梅茵大人也向她訂購了布料，萬一伊娃得優先處理這項工作，可能就抽不出時間。

「……我心裡是有一個人選，但她可能也很忙，只能祈禱她願意接下了……」

「歐托，拜託了。」

「我可要收取急件費喔，因為我們這裡要開始準備過冬了。」

「沒問題。」

收下多勒米給的費用後，我決定透過店裡的都帕里學徒多莉，向伊娃提出這項委託。

「多莉，拜託妳了，幫我拜託伊娃接下這個委託吧。」

我在奇爾博塔商會的辦公室裡叫來多莉，拜託了她這件事情。多莉仰頭想了一會兒後，忽然揚起微笑。

「要我拜託媽媽沒問題喔。羅潔梅茵大人的布料她好像已經染好了，前幾天也送到工坊去了，所以現在大概沒那麼忙了吧。而且既然費用會比平常多，我想她應該會願意接……但要我幫忙有個條件，老爺能不能多進一些最高等級的絲線呢？」

「呃……多莉，我不太明白妳的意思……這是為何？」

這還是多莉第一次提條件。我有些措手不及，尋思起她開的條件。為何非得多進一些最高等級的絲線？和目前為止一樣，依季節為羅潔梅茵大人準備好適合她的貴色不行嗎？老實說，如果還沒接到訂單就先購買大量的最高等級絲線，結果要是沒用到，對商會將造成很大的損失。

「我就是有種預感，算是一種直覺吧。總覺得會和去年一樣，突然接到非常重要的委託，所以我才想趁著這個季節供貨量最多，先買起來做好準備……適合羅潔梅茵大人髮色的線雖然已經十分齊全，但要是之後接到的委託，委託人的髮色都不適合那些顏色就糟了。」

「但我們也為領主一族的女性成員準備了不少絲線吧？所以妳的意思是，要為了還不確定會是誰、也不曉得會不會下訂單的對象，就先買好最高等級的線嗎？」

我這麼詢問後，多莉眼神非常認真地點頭。

「只憑直覺就要老爺多買一些可能用不到的線，其實這種話我本來也說不出口，所以才當成是條件。可是，我真的有種不好的預感，就連我自己也想早點完成羅潔梅茵大人的髮飾，預先把時間空下來。」

倘若是在深思熟慮後才提出這個條件，多莉也真是堅強了不少。難以想像去年冬天接到王族的委託時，她還嚇得直打哆嗦。反正除了伊娃外，我也沒人能拜託，多莉越發有商人樣子的成長也很有意思，我決定答應她的條件。

「好，那之後再一起去找符合妳要求的線吧。」

「謝謝老爺。」

確定伊娃願意接受委託後，隔天我就帶著多莉一起前往線舖。如果只是要購買量產型髮飾用的線，其實我一個人也沒問題；但如果是要呈獻給王族的最高品質髮飾，用線的顏色、粗細與光澤等等，最好還是由實際製作的多莉來決定。

「除了羅潔梅茵大人與芙蘿洛翠亞大人常用的顏色以外，店裡幾乎沒有其他顏色的線，所以我想要有多一點選擇。」

羅潔梅茵大人每個季節都會訂購新髮飾，而芙蘿洛翠亞大人與夏綠蒂大人因為髮色相近，即使訂做的次數不多，也能留到下次再用，再不然也能轉賣給她們的專屬，所以就算買了最高等級的線，也是不虧本的買賣。但是，委託人還不確定的話就難說了。

「嗯……為了不管接到怎樣的委託都能應對，線當然是越多越好，但要是剩下來的線不適合羅潔梅茵大人就糟了。所以最多就五種顏色，可不能買太多。」

眼看多莉哼起了歌，拿來好幾種顏色的線擺在一起，我趕緊設了上限。貴族大人依其階級，能用的線都不一樣，再怎麼有錢，也不可能買不合自己身分的東西。

「到時候要是有多的賣不出去，可以請羅潔梅茵大人介紹給他領同為領主一族的朋友，推銷說就連王族也買了這個髮飾……這樣也不行嗎？」

「前提得是上位的領主一族願意購買成品，但這恐怕不可能吧。不可能每個人都像羅潔梅茵大人一樣，只要是多莉做的東西都願意買下來。」

我不認為地位快要與王族相當的上位領主一族，會高高興興地買下已經做好的成品。就連羅潔梅茵大人為了在貴族院推廣流行，購買髮飾要送給領內的貴族時，都會考慮到每個人的階級與髮色。而購買髮飾時會用到最高等級絲線的貴族們，下訂時一定也希望款式與用色能符合自己的喜好。

「用不完很傷腦筋，但需要的時候沒得用也很困擾呢，去年冬天不就發生過一樣的情況嘛……啊！這個！這裡怎麼會有這些珠子？」

多莉本來還在為買線找更多理由，但說到一半忽然雙眼發亮，拿起眼前看到的小珠子。但我看得可清楚了，其實是老闆不露聲色地拿來盒子，擺到多莉的視線範圍內。

「是鈕扣店的老闆跑來跟我兜售，說這些珠子搞不好可以用在髮飾上，拜託我把珠子和線擺在一起……」

「確實可以喔！只要固定在花朵或葉子上，就能像朝露一樣閃亮耀眼吧。老爺，能不能也買些珠子呢？」

多莉的語氣興奮，線舖老闆也咧嘴一笑說：「我會算便宜一點。」因此我除了「好吧」，根本無法有其他回答。真是太會做生意了。

「但我可不想以後一直被你抽成，所以之後會直接找鈕扣店的老闆議價。」

「那真是太好了，反正我又不懂珠子，放在架子上也很礙事。」

於是我們接著前往鈕扣店，向眉開眼笑的老闆購買了好幾種較大的珠子。

「店裡面有好多可愛的東西喔，說不定還能把小鈕扣與金屬飾品組合起來，讓髮飾變得更加華麗……」

東西買完後，多莉興高采烈地抱著袋子，嘀嘀咕咕地構思起髮飾的款式。我對髮飾的款式提供不了建議，只是轉頭張望四周。

「咦？那不是班諾……跟卡琳嗎？」

剛從中央廣場進入城北，兩道彎進巷子裡的人影吸引了我的目光。那茶紅色的頭髮肯定是卡琳沒錯，我瞬間覺得逮著了可以調侃班諾的機會，於是加快腳步走向兩人彎進的巷子。

並肩走在一起的，果不其然是班諾與卡琳。兩人邊走邊指來指去，不知道在說些什麼。是為了過冬準備出來買東西？還是在為卡琳介紹城市？而且兩個人看起來不再那麼生疏，跟第一次在商業公會見面時相比親近多了，氣氛也相當輕鬆。

「哦……想不到那兩個人滿登對的嘛。班諾乾脆也別管領地之間的關係，就看開一點跟卡琳結婚嘛……多莉，妳也這麼覺得吧？」

「……他們的年紀差太多了。那個女孩子的年紀和我差不了多少吧？我不認為班諾先生會選擇與她結婚。」

我記得卡琳說過她十六歲。卡琳也算是個小美女，茶紅色的頭髮與藍色眼睛教人印象深刻。而多莉現在十三歲，因為發育良好，看起來就像個小大人，乍看之下年紀確實差不了多少。但是，班諾在與卡琳說話時，臉上的表情好像比面對多莉時要更溫柔，氣氛也更融洽。

……果然重點在於有沒有成年嗎？還是說因為從小看著多莉長大，班諾和她相處時會忍不住以監護人自居？

「不過，我倒也同意班諾不會與她結婚，因為他已經有放在心底的意中人了……雖然我個人覺得他也該考慮結婚了。」

「咦？班諾先生有喜歡的人嗎？」

「多莉，妳不知道嗎？但其實我也是聽珂琳娜說的啦。」

看見多莉瞪大眼睛，我於是繼續邁步，把班諾成年前後與已逝戀人莉絲的那段故事告訴她。那是連我也不知道、很久以前的事情了。說著說著，一下子就到了奇爾博塔商會。

委託伊娃製作的髮飾比我預期的還要快完成。儘管沒有搖曳的成串小花，但偌大的花朵仍與做給羅潔梅茵大人的髮飾十分相似。我還附上卡片，註明這是由領主女兒的專屬特別製作，然後交給多勒米。這下子，他冬天的生活應該能平穩順遂吧。

正當我覺得自己做了件好事，為此感到心滿意足時，班諾卻沉著臉找上門來，把我拉進我自己的辦公室裡開始說教。至少在孩子們面前，他還聲稱是要談工作上的事情，才和我一起進入辦公室，勉強幫我保住了父親的顏面，這點我心懷感激。然而此刻的氣氛實在太過嚴肅，連珂琳娜泡好的茶我也無法拿起來喝。

「歐托，就算你與旅行商人還有往來，這我不會有意見，但是往來時你應該更加謹慎。目前因為工藝師人手不足，就算有客人想下訂我們也接不了，你不應該在這種時候為其他人破例。如今你身為奇爾博塔商會的老闆，一舉一動都會受到矚目。現在你得優先考慮的，不應該是旅行商人時的舊識，而是這座城市裡的客人吧。」

班諾的主張我在理智上也能理解，但情感上卻無法接受。

「但城裡的客人若買不到髮飾，又不是生死攸關的大問題，我當然會想優先幫助可能有嚴重影響的人啊……看來我骨子裡的想法還是旅行商人吧。」

「我不管你骨子裡怎麼想，重點是有別人在的時候要做好掩飾，也就是不要引起注意。還有，你也要讓多莉提醒家人，這件事別對外宣揚。雖然我不認為他們那一家人會亂說話，但還是以防萬一。」

染布比賽過後，伊娃成了羅潔梅茵大人的專屬候補人選，因此備受矚目。班諾說了，他不希望伊娃因為幫了我的關係，被人傳出對她不好的謠言，或有人開始亂猜她與羅潔梅茵大人的關係。

「知道了，這部分我會多加小心……不說這件事了，前陣子我可看到了喔。」

察覺說教已經告一段落，我立刻改變話題。班諾一臉警戒地皺眉看我。

「就是你和卡琳兩個人走在一起。看起來感情還不錯嘛？反正生意上對你也有好處，你可以考慮和她結婚啊。」

「嗯啊？哦，你是指馬克要我和卡琳一起出門買東西那次嗎？那次是因為我們想一鼓作氣完成工作，但又不想被她發現……」

聽說他們本已吩咐學徒和卡琳一起出門買東西，但途中與學徒走散的卡琳竟突然回到店內，害得他們手忙腳亂。而且也不知她是真的走散，還是故意甩掉學徒，所以自那之後，都改由班諾帶她出門。

「雖然是為了防止情報外流，但這種情況實在麻煩。偏偏工作上馬克比我更擅長下達指示，只好由我去當保母了。」

班諾老大不高興地盤起手臂說完，我忍不住皺眉。

「班諾，我知道因為對方想強迫你答應這門婚事，你嫌卡琳累贅也是無可厚非。但是在我看來，她真的很令人同情，你就不能對她溫柔一點嗎？」

卡琳可是領地排名第一的庫拉森博克的大店千金，然而她卻被帶來到近幾年才開始受矚目的艾倫菲斯特，目的還是為了讓她嫁給一個年紀足以當她父親的男人。豈料偏僻鄉間的商人竟然當面拒絕與自己結婚，父親甚至撇下她走掉。

「卡琳的父親確實強勢又傲慢，但她也只是任由父親擺布的可憐孩子吧。再說了，她又還沒有對普朗坦商會做出任何事情，人家自己想要設法回去的時候，是你擔心她在回去途中客死異鄉，所以收留了她。但就算身邊的人明顯都在提防自己，她也從來沒有訴過一句苦，我覺得她已經很努力了。你想過她往後的處境嗎？」

貴為大店千金，如今卡琳只能低聲下氣，以一年為期的都盧亞的身分寄人籬下。就算明年夏天返回庫拉森博克，也會被人恥笑是遭到拒婚的女子，還會因為遠離父母在艾倫菲斯特生活過，被人懷疑其貞操，父親更會對她大發雷霆。等待著她的，將會是這樣的未來吧。

而且之前她為了籌措船資好追上父親，曾經想要變賣手邊的衣物與首飾，當時負責

承辦的人正是我，所以我很清楚她的手頭並不寬裕。不想在艾倫菲斯特欠任何商人人情，努力獨自度過難關的她，冬天的生活肯定稱不上舒適。

「卡琳很堅強，所以看起來好像不用擔心。但換作是軟弱的姑娘家，搞不好會覺得自己的處境太過悲慘，心灰意冷下就算去尋死也不奇怪。」

「……這我也知道。」

「既然知道……」

「但是，我還是不想因此優柔寡斷地伸出援手。卡琳的情況與商會要面臨的問題不能混為一談，我不能僅因為同情就與她結婚。」

他說與在羅潔梅茵大人的支持下，成了領主一族專屬的普朗坦商會不同，卡琳老家的商會在上位領地是老字號。從身分地位來看，婚後很難守住情報。

「但我如果是你，倒覺得應該有辦法解決吧？只要有羅潔梅茵大人當後盾……」

「歐托，你開什麼玩笑，你真以為仗著羅潔梅茵大人就能為所欲為嗎？那丫頭面對貴族的時候，雖然竭盡所能在為我們創造機會，但她並非生來就是領主一族，她在貴族社會的地位並不穩固。」

她的地位難保不會在哪天突然改變——班諾瞪著我說。但是在我看來，我只覺得羅潔梅茵大人成為領主的養女後，一切可說是一帆風順。現在甚至與領主的兒子訂婚，感覺已經相當融入貴族社會，過得十分順遂啊……

「她的地位本來就沒多穩固，我不想再給她增添更多負擔。況且我也早就下定決心，要一邊輔佐她一邊往上爬，所以現在沒有多餘的心力再給自己增加重擔。對我來說，最重要的就是普朗坦商會與奇爾博塔商會，以及與莉絲的約定。」

……為什麼這時候會冒出與莉絲的約定？你會不會太執著於過去了？

但我把到口的這些話統統吞了回去。因為班諾赤褐色的雙眼太認真、太凌厲了，讓人不敢在這種時候還耍嘴皮子。

「倘若真有需要，就算要我除掉卡琳，我也絕不會讓羅潔梅茵大人與領主大人在面對庫拉森博克時居於劣勢。」

我真切地感受到了班諾堅定的決心。那狠戾的眼神讓我想起了從前的他：渾身帶刺，又難以靠近。要是不想辦法讓他的眼神變回去，之後珂琳娜與極黏班諾的女兒睿娜特肯定會來罵自己一頓。

「抱歉，是我說了不該說的話。我只是覺得你對卡琳有點太嚴厲了，但結果好像讓你更加警戒。」

我率先開口道歉，伸手拿起茶杯。珂琳娜特意為我們泡的茶早就冷了。我喝了一、兩口冷掉的茶後，班諾大口吐氣，同樣拿起杯子。

「不，我自己也會注意一點……畢竟她沒有做錯任何事情。」

冰冷的茶水似乎也讓班諾冷靜下來。我鬆了口氣，放下杯子。

「那來談談冬天的工作吧，多莉說這是她的直覺與猜測……」

我轉述了多莉不祥的預感後，班諾皺起眉下指示道：「那你盡量多做點準備吧。」

接著也開始思考普朗坦商會該做哪些準備。這時的他，已經變回平常的班諾了。

芙蘿洛翠亞視角・在《斐妮思緹娜傳》完成之前

原本只刊登在網路上的特別短篇。
芙蘿洛翠亞視角。
時間點在第四部Ⅷ裡，
得知斐迪南要入贅至亞倫斯伯罕以後。
眼看艾薇拉對王命感到憤怒，為此長吁短嘆，
羅潔梅茵遂建議她可以昇華內心的情感，將其化作文字。
看到艾薇拉等人因此燃燒起了熊熊鬥志，
芙蘿洛翠亞只能在旁監督，以免她們太過失控。

小小幕後筆記

這則短篇是我一時興起，在深夜的某種衝動驅使下所寫成的。雖然寫是寫完了，但冷靜下來以後，當下卻忍不住心想這種半夜的興之所至還真可怕。看到芙蘿洛翠亞努力制止艾薇拉，不讓她在情緒激動下過於偏離主題，就讓人很想為她加油。

「我不要，我不想迎娶第二夫人。芙蘿洛翠亞，妳一定也不願意吧？」

「這種事怎麼能以個人的好惡來決定，況且奧伯確實需要有第二夫人吧？屆時我會以奧伯．艾倫菲斯特的第一夫人的身分來應對，請您放心吧。」

此刻的我，一邊得安撫著鬧起小孩子脾氣、訴說自己不想迎娶第二夫人的丈夫，一邊還得思索今後該與哪些領地建立關係。

平常我都會找艾薇拉商量這些事情，但是自從斐迪南大人的婚事敲定以後，她非常難得地顯露出了激動情緒。當然，她重要的友人們在得知了此事後也一樣。

出席茶會時，在場沒有一個人不拿出手帕來。眾人紛紛喟嘆王命的無情，又在回顧斐迪南大人曲折坎坷的前半生後潸然淚下。在她們冷靜下來之前，我判定現在不是找她們商量事情的好時機。

因為我們本就不想接受王命，內容還是要曾經備受薇羅妮卡大人欺凌的斐迪南大人與長相像極了她的蒂緹琳朵大人成婚，沒有任何人對此樂見其成。

然而，明明只要與齊爾維斯特大人商量，或許就能加以推辭，斐迪南大人卻說他認為這對艾倫菲斯特來說是最好的結果，主動表示要前往亞倫斯伯罕。既然國王都已經下令，他本人也做出了決定，我們再怎麼忿忿不平也對斐迪南大人沒有任何助益吧。

「……羅潔梅茵，妳有沒有什麼好辦法呢？」

其實我這麼問，是想請羅潔梅茵幫忙想想辦法，讓大家理解這是斐迪南大人自己的選擇，進而讓大家冷靜下來，但她似乎解讀成了不太一樣的意思。

「如果一味壓抑心中激昂的情感，不滿還是無法消除吧。既然如此，不如把憤怒、哀嘆與悲傷等所有情緒，都傾注在創作上如何？」

「……抱歉，妳這是什麼意思呢？」

「就是以斐迪南大人為原型來寫篇故事，不知大家意下如何？最起碼可以讓斐迪南大人在故事中得到幸福。」

出乎意料的回應令我困惑不已，但眼前的艾薇拉卻是扭頭看向羅潔梅茵。

「妳是說……至少在故事中讓斐迪南大人得到幸福嗎？」

「是的，請母親大人親手讓斐迪南大人擁有幸福快樂的結局吧。用這種方式來昇華內心的情感後，應該就能稍微冷靜下來目送他離開了吧？」

艾薇拉的漆黑雙眸迸出燦然精光，環顧四周的友人。每個人都用力點頭。就這樣，完全超出我預料的「斐迪南大人幸福小隊」正式開始活動。

由於斐迪南大人將卸下神官長一職，為了交接工作，羅潔梅茵帶著自己的近侍們匆忙返回神殿。

而羅潔梅茵忙得不可開交的時候，我也同樣繁忙，除了要為前往亞倫斯伯罕的斐迪南大人準備禮物，也要通知各地基貝，並且得把他原本在城堡裡負責的工作分配出去。有空檔時還得參加茶會，監督「斐迪南大人幸福小隊」的活動。

「像這樣清清楚楚地寫下來，便能讓大家知道斐迪南大人的遭遇有多麼悲慘吧？」

艾薇拉雙眼發亮，洋洋灑灑地寫下斐迪南大人的不幸事蹟。對此，我難以抑制地發出嘆息。如果一篇故事赤裸裸地在批判王命，對艾倫菲斯特是有害無益的，但偏偏她們現在一個個都情緒激昂，肯定聽不進去吧。

……到底該怎麼做，才能不被人看出這是以斐迪南大人為原型呢？

再三苦思之後，我開口表示了。

「我贊成用故事來訴說斐迪南大人的不幸，但是艾薇拉，萬一斐迪南大人發現了故事裡的主角就是自己，說不定會被他沒收喔。」

「您說得是呢。各位，一定要阻止畫像被禁止販售的悲劇再次上演！」

「是呀，我不想再一次體會到那種絕望的滋味了。絕不能被人發現這個故事在說的是斐迪南大人。」

從前我們曾在飛蘇平琴演奏會上販售斐迪南大人的畫像，不料事後竟被本人發現，自那之後肖像畫的販售便遭到禁止。當時艾薇拉她們也為此悲嘆了良久。頃刻間「斐迪南大人幸福小隊」似乎有了一致的目標，那就是絕不能讓悲劇再次上演。

「那麼若不想被人看出主角是斐迪南大人，該怎麼做才好呢？」

「就算更改主角的名字，但這畢竟是由艾倫菲斯特出版的書籍，主角還是奉王命入贅至大領地的不幸領主候補生，單憑這幾點馬上就能猜出參考人物是誰了吧？」

看到眾人的重心轉移，往不讓人看出主角是斐迪南大人的方向開始集思廣益，這讓我暫且鬆了口氣。

「……因為奉王命入贅至他領這種情形很少見嘛。」

出嫁遠比入贅要常見。因此，若在故事裡寫著主角是奉王命入贅，肯定一眼就能看出參考人物是誰。該如何掩蓋這一點可說是天大的難題。

「如果改成不是奉王命，而是奉奧伯之命呢？」

「芙蘿洛翠亞大人，這樣讀者們根本感受不到王命有多麼殘忍無情吧。」

「而且可能會有人因此認定奧伯．艾倫菲斯特是惡人，恕我無法贊成。」

「……說得也是呢。」

我並不清楚在場眾人在創作時會有多麼沉浸其中，於是收回自己的提議。要是「斐迪南大人幸福小隊」在創作期間對齊爾維斯特大人留下負面觀感就糟了。

「如果是出嫁的話，就不會那麼容易聯想到了呢……」

不曉得是誰忽然這樣喃喃自語。但艾薇拉聽了，卻是靈光乍現般地抬起頭來。

「就是這個！」

「艾薇拉大人，怎麼了嗎？」

「創作時把斐迪南大人的角色換成女性就好了。這樣一來，不會有任何人發現這是斐迪南大人的故事吧！」

艾薇拉突如其來的發言教我目瞪口呆。這未免也太莫名其妙，那根本已經不是斐迪南大人的故事了吧。

然而，在場似乎只有我一個人滿頭霧水，其他人都是雙眼發亮地表達贊同。

「哎呀，這主意真是太棒了！改寫成這樣的話，連本人也看不出來吧。」

「因為有不少人都是在受洗前被收養，度過了不幸的童年嘛。讀者看過這篇故事以後，內心一定能產生共鳴。」

「而且若故事最後是幸福快樂的結局，想必也能給此刻正身在不幸泥沼中的人帶來希望吧。」

但在她們筆下成了女性角色的斐迪南大人，好像因此落入了更悲慘的境地喔。只不過，我決定對此視若無睹。

……因為現在最重要的是，不讓人看出這篇故事是根據斐迪南大人的親身經歷，並盡量緩和她們對王命的批判。倘若成品簡直就像其他人的故事，那我當然樂見其成。

「另外，果然得加入以貴族院為背景的戀愛情節才行呢！既然是艾薇拉大人創作的故事，一定有許多女性對此抱有期待。」

「對了，斐迪南大人貴族院時期的傳聞中，有一則便與公主有關吧？不如就在故事裡加入與王子戀愛的情節吧？」

「太棒了！然後設定上，女主角聰明優秀又美麗，王子會喜歡上她可以說是理所應當。但由於女主角是沒有母親的領主候補生，王子身邊的人便大力反對。」

在場眾人發出雀躍的歡呼，就此敲定了主角與王子的戀愛故事。大家這麼開心我也很高興，而且改寫幅度越大，越沒有人會聯想到這是斐迪南大人的親身經歷吧。

「之後兩人因為國王的命令不得不分開，但王子鍥而不捨地努力說服國王，最終讓國王收回成命，也贏得了女主角的芳心。」

「哎呀……這個故事我怎麼好像在哪裡聽過……」

「就是亞納索塔瓊斯王子與艾格蘭緹娜大人的佳話唷，剛好趁這機會拿來參考。如此一來，誰也不會聯想到斐迪南大人吧。」

擬好了最終主角會擁有幸福快樂結局的大綱後，艾薇拉一行人顯得心滿意足。緊接著，她們開始討論細節。

齊爾維斯特大人要維持男性角色還是也改寫成女性角色？既然主角改成了女性，近侍是否也該改成女性？等等諸如此類。

「主角的名字該怎麼辦呢？就算有些關聯應該也沒關係吧？否則要是相差太多，我會難以投入感情，無法動筆。」

艾薇拉這麼表示後，眾人便開始思索要為主角取怎樣的名字。提出了幾個選項後，最終主角的名字定為斐妮思緹娜，這是融合了斐迪南大人與艾格蘭緹娜大人的名字。

故事裡齊爾維斯特大人一樣是異母兄長，是個努力保護斐妮思緹娜不受母親迫害的角色。除了是對我有所顧慮，也是因為沒有動人戀愛成分的前半段故事需要有這樣一個角色，才能讓艾薇拉有動力寫下去。

……畢竟就連擔任斐迪南大人護衛騎士的自己兒子，艾薇拉都能毫不猶豫地將他改寫成女性騎士，還能顧慮到我簡直難能可貴，我就心懷感激地接受吧。

「這些都是斐迪南大人留下的事蹟，讓我們從中尋找適合寫成故事的材料吧。」

就這樣，原稿完成後，便透過在艾薇拉身邊學習、以後要成為見習侍從的貝兒朵黛，委託葛雷修進行印製。因為哈爾登查爾只有冬天才會投入印刷，而若在神殿的羅潔梅茵工坊裡印製，又有可能被斐迪南大人發現。

由於故事變成了長篇鉅作，必須和戴肯弗爾格的書一樣分成好幾集。第一集的內容是主角以領主候補生的身分受洗後，備受義母欺凌，隨後在異母兄長的庇護下前往貴族院就讀，到與王子墜入愛河為止。

羅潔梅茵在出發去貴族院之前看完了印好的第一集後，露出愕然表情。

「……母親大人，故事裡的主角雖是女性，但原型其實就是斐迪南大人吧？」

和齊爾維斯特大人一樣，羅潔梅茵也看出來了。但這篇故事似乎寫得很好，只有與斐迪南大人非常親近的人才看得出來，所以不知道的人永遠也不會知道吧。

「哎呀，羅潔梅茵，妳看這裡不是已經註明，本故事純屬虛構，登場人物與團體皆非實際存在了嗎？即便覺得有相似之處，也是另有其人吧。」

……只希望這番說詞能夠說服斐迪南大人呢。

多莉視角・喧囂中的自覺

Kazuki Miya's commentary

第四部Ⅷ的特典短篇。
故事背景在第四部Ⅷ。多莉視角。
時間線從前一年的冬天開始，
到秋天目送卡琳與庫拉森博克的商人一起離開為止。
內容有平民區商人對結婚的看法、
多莉眼中班諾與卡琳的關係。
包括路茲的一語道破在內，
描寫了多莉察覺到自己初戀心事的情況。

小小幕後筆記

之前在廣播劇第二輯的特別短篇裡，就描寫到了多莉在無意識間萌生的淡淡愛慕。感覺不寫一下後續，很難讓人連結到日後她與路茲的訂婚，於是有了這則短篇。班諾則是個好男人，肯定是許多女孩子的初戀對象吧。

「啪唧」，暖爐裡的木柴發出了爆裂聲。正在製作王族髮飾的我們，此刻全盤據在暖爐前面。我從手上正細心編織著的髮飾移開目光，抬起頭來，判斷不需要馬上添加木柴後，再度低下頭。

「多莉，我這邊做好了。妳那邊怎麼樣？來得及嗎？」

「應該沒問題。今年已經先收到了訂單，也準備好了齊全的絲線，不用像去年那麼趕。」

「多莉的預測完全命中了呢。」

如同入冬前我所預料的，果然今年也收到了來自王族的委託。截至剛才為止大家都在拚命趕工，但完成到一定的程度以後，一直緊繃的氣氛就緩和下來。氣氛緩和下來後，換成嘴巴動得比雙手還要快。

「今年因為提早做了準備，我們才有充足的時間製作髮飾，但多莉明年冬天因為要成年了，會回家裡住吧？到時候我們沒問題嗎？」

聽到都帕里們現在就開始擔心明年冬天的事情，我輕笑起來。沒錯，明年為了製作成年禮的正裝，我預計回家過冬。而我因為是夏天出生，正裝也能直接在星祭的時候穿。身為奇爾博塔商會的都帕里學徒，這種時候當然得拿出所有看家本領，一定要用心縫製才行。

「放心吧，還有古妮拉在啊。」

古妮拉是髮飾技藝日漸精湛的都帕里。她已經成年了，手藝也很好，老爺與珂琳娜夫人去貴族區接訂單的時候還經常帶她同行。有她在，明年冬天的委託應該不用擔心。但放心的同時，我也感到羨慕。

……我也好想快點成年喔。

因為與貴族交涉的時候可以同行，古妮拉的言行舉止越來越嫻熟優雅，還能直接接到貴族的委託。害我忍不住擔心，也許不久之後，我這個羅潔梅茵大人的專屬就沒辦法再當下去了。

「古妮拉，多莉這麼仰仗妳，妳可不能在多莉成年前就結婚喔。一下子沒了兩個人，我們會很頭疼的。」

「妳在說什麼啊？明明沒有我們也沒問題，我還希望妳能去跟路奇說，就別想那麼多了快點結婚呢！對不對，多莉？」

古妮拉苦笑說道。路奇是古妮拉的戀人，但據說他本人表示，在自己的收入比古妮拉多之前都不想求婚。看來即使成了戀人，要進展到結婚那一步也不容易。

「說到結婚，不知道普朗坦商會的老爺打算怎麼辦？他以前本來是我們商會的老闆，如果今年夏天就要結婚，得準備賀禮才行吧？到時候還有他領的御用商人會進城，就得更提早準備。」

「啊，是指庫拉森博克的那個女孩嗎？我曾看過班諾先生帶著她去某家店，感情看起來不錯的樣子。應該會就這樣結婚吧，反正對做生意也有好處……」

大領地庫拉森博克的商人將自己的女兒留在這裡一事，城裡的商人沒有人不知道。若能與大領地建立關係，往後做起生意利大於弊，就連商業公會長也很積極撮合。所以大部分人都認為，這下子班諾先生終於也要結婚了吧。

……居然都說班諾先生會結婚……

秋天尾聲，去買髮飾用線的時候，我也曾目睹班諾先生帶著卡琳一起走在街上。確實就如古妮拉所言，兩個人看來感情很好，甚至還有些登對。但不知道為什麼，我總是覺得不太高興，像現在只是聽到有關兩人的謠言，我就開始心浮氣躁。

「……可是路茲說了，並沒有這回事。他說老爺只是基於某些理由才收留她，並沒有要結婚的意思……」

「是嗎？但她是大領地御用商人的女兒耶，沒理由推掉這門婚事啊。」

路茲是普朗坦商會的都帕里學徒，他說的話有很高的可信度。然而，大家卻對我的反駁不以為意。她們只是想在製作髮飾的時候聊天解悶，根本不在乎傳聞的真假吧。證據就是，話題很快就轉移到了其他事情上。

「我記得那個女孩叫卡琳吧？不僅長得漂亮，聽說經商也很有一套。」

「既然是普朗坦商會的老爺要結婚，準備起來會很豪華氣派吧？」

「如果是我，會想向英格工坊訂做新家具呢。他也是古騰堡之一吧？」

聊到自己結婚時想準備哪些東西後，大家接著熱烈地討論起哪個工匠的手藝很好、哪間店風評不錯，最後又聊到周遭戀人與未婚夫妻的八卦。我一邊隨聲附和，一邊在心裡反覆嘀咕路茲跟我說過的話。

……班諾先生不可能和庫拉森博克商人的女兒結婚啦，因為對方長得再漂亮，也不能讓重要的情報落入她手中，而且這麼做還有可能為梅茵帶來不利。

在我聽到班諾先生可能會結婚，為此心生不安時，路茲曾對我這麼說過。幸虧他斬釘截鐵地說：「老爺不會結婚。」所以我感到非常安心。

……比起大家不負責任的閒言閒語，我更相信班諾先生與路茲。

提交了王族委託的髮飾後，接著要開始製作夏天販售的商品。到時會有許多他領的御用商人進城，所以各種價格的髮飾都必須準備好充足的量。老爺和珂琳娜夫人還說：「現在因為髮飾還很罕見，買的人很多，但再過不久各個領地就能自己做出類似的商品了。」所以他們似乎想趁現在多賺點錢。

在忙著製作一個又一個髮飾時，轉眼便進入冬天的尾聲。

「我們收到傳喚信函，要古騰堡成員去一趟神殿。由於神官長也預計出席，所以老爺覺得，這次只要普朗坦商會與古騰堡成員們出席就好。除了之前已經討論過的，您還有事需要我幫忙轉達給羅潔梅茵大人嗎？」

聽說這次找他們過去，主要是為了古騰堡的長期外派，還有想知道他們對於將在春末舉行的領主會議有沒有什麼要求。據路茲說，之前在城堡舉辦販售會的時候就已經討論過了，所以大多已有結論。

「沒有。普朗坦商會願意出面負責交涉，我很感激喔。那就麻煩你們了。」

歐托老爺這麼回應後，路茲點了點頭，馬上就要離開。我急忙抓住他。

「路茲，等會議結束後，也要告訴我你們談了什麼事情喔。」

「多莉？」

「因為對於神官長，我印象最深刻的就是那次簽約……聽到是他要叫你們過去，我總覺得很不安。」

我總是不由自主想起，他平靜地要求我們讓梅茵變成羅潔梅茵大人的那個場景。聽到神官長也會出席，我就忍不住非常緊張，也很好奇他要對班諾先生他們說什麼。

「長期外派之前我會回家一趟，到時候再跟妳說……當然只有能說的事情而已喔。」

「路茲，謝謝你。」

路茲的保證讓我鬆了口氣，隨即目送他離開。

「為融雪獻上祝福。願春之女神偉大的恩澤照耀於您。」

路茲來到奇爾博塔商會後，不忘道聲春天的問候語。今天是回家的日子。路茲是為了在長期外派前回家見見父母，而我是為了聽他告訴我會面的情況。

我換上比平常樸素的服裝等待路茲時，工作夥伴們都一臉笑嘻嘻地看我。

「好好喔，有戀人可以一起回家。」

「路上小心啊。你們又要好一陣子見不到面了，好好相處喔。」

再怎麼否認我們不是戀人，她們也只會更加起勁，極盡所能調侃我們吧。我與路茲對看一眼後，聳了聳肩不予理會，出門來到屋外。

瞬間，彷彿要扎進臉頰的寒風迎面撲來。雖然時節已經變成春天，但路面上還殘留著尚未融化的積雪。可以看到人們正努力撒灰，想讓積雪快點融化，喀噠喀噠行進的馬車還濺起了雪融後形成的積水。

「……路茲，我們要不要避開大馬路，抄這邊的捷徑回去？」

「好啊，要不然很可能回家前就感冒了，而且走沒什麼載貨板車的小路也能快點到家。」

這時期只要從中央廣場往南邊走，常常會有拉著板車的人卡在積了雪的道路上，喊人過去幫忙。看來路茲也和我一樣，想走人少一點的路。

拐了個彎，走沒幾步路後，前面的轉角處忽然出現熟悉的人影。

「啊，那不是班諾先生嗎？」

居然在這種地方遇到，真是太巧了！但我剛興奮喊完，接著就發現有個茶紅色頭髮的女子也走在他身邊，忍不住瞪大眼睛。那名女子的身高差不多到班諾先生的肩膀，似乎是不習慣走在積雪的道路上，走路方式相當奇怪。班諾先生還伸出手臂讓她扶著，以免她跌倒。那人正是卡琳。兩人的距離之近，看起來簡直就像對戀人。看到這副模樣，很難相信班諾先生並不打算與她結婚吧。

由於卡琳的走路方式太過奇怪，我們才走幾步路而已，很快就與兩人拉近距離。與放慢腳步不太想靠近他們的我不同，路茲快步跑上前，呼喚班諾先生。

「老爺，您要去商業公會嗎？」

「哦，是路茲啊。你們正要回家嗎？」

班諾先生轉過來咧嘴露出笑容。由於班諾先生忽然停下轉身，卡琳險些跌倒。

「等一下，班諾！這樣很危險耶！」

卡琳第一眼給人的感覺是十分強勢的美女，但實際上她似乎也真的很強勢。她以藍色雙眼瞪向班諾先生，對他大發牢騷。

……咦？奇怪了？她明明是普朗坦商會的人，卻可以直接叫老爺班諾先生的名字嗎？雖然都盧亞的契約只簽一年就已經是打破慣例，但兩人的關係應該還是雇主與員工。我不敢置信地看著兩人，但被她直呼名字的班諾先生只是回說：「啊，抱歉。」還一副理所當然的樣子。而且兩人就算單獨外出被人看見，似乎也並不怎麼在意。忽然之間，我感到呼吸有些困難。

「對了，路茲，這位小姐是？」

卡琳重新站穩後，眨了眨藍色眼睛，好奇地打量我。可能是因為她直呼班諾先生的名字，讓我對她沒什麼好印象吧。感覺她在叫路茲的時候，也有些過分親密。其實仔細想想，他們都是在同一間商會裡工作的員工，我這麼光火反而奇怪。

「你不介紹給我認識認識嗎？」

路茲先是與班諾先生對看一眼，然後為難地垂下眉尾，看著我簡短回道：「……她叫多莉，是我的青梅竹馬。」不過，這似乎不是卡琳想聽到的答案。她一臉不滿地看著路茲，再轉頭看向我，露出意味深長的笑容。

「哎呀，應該不只這樣而已吧？」

卡琳那雙藍眼明顯在說：「你們不是戀人嗎？」這時她臉上的表情，就和擅自認定我與路茲是戀人、還在旁邊瞎起鬨的人們一樣，瞬間我感到非常火大。我知道大家都把我與路茲當成戀人看待，也因為不管怎麼解釋都沒用，我才懶得多做回應，但我不希望有人在班諾先生面前懷疑我們的關係。

「就只是這樣而已，我們只是青梅竹馬。」

「哦……這樣子呀。青梅竹馬嗎……真不錯呢。」

卡琳顯然不相信我的反駁，「呵呵」地笑著說道。那張笑臉彷彿在說「害羞的模樣真可愛」，感覺自己被她當成了小孩子。

「多莉，她是卡琳，庫拉森博克商人的女兒，現在是普朗坦商會的都盧亞。」

「妳好……我看妳好像不習慣走在有積雪的道路上，但庫拉森博克應該比艾倫菲斯特更冷，積雪也更多吧？」

去過哈爾登查爾的路茲曾跟我說，庫拉森博克坐落在更寒冷的地方，所以看到卡琳走路的方式那麼奇怪，我才感到納悶。

「因為我沒有雪地用的鞋子，況且庫拉森博克就是因為積雪太過深厚，才發展出了繁榮的地下城市喔。」

卡琳指著地面說道，我也跟著看向腳邊。原來庫拉森博克與艾倫菲斯特不同，城市是建造在地表底下，所以人們不太會在雪中行走。但聽完她的解釋後，我一時間還是無法理解。有些蟲子確實會在地底下建造巢穴，所以就像是非常巨大的巢穴嗎？

「對了，老爺，您不是要去商業公會嗎？」

路茲忽然開口這麼說，像是有意要結束我與卡琳的對話，我便把目光投向班諾先生。明明不想被取得情報，那去商業公會談正事的時候若還帶著卡琳，不就失去意義了嗎？我毫不掩飾內心的不安，仰頭看向班諾先生。他面帶苦笑擺擺手，指向我們常去的那間舊衣舖。

「我去商業公會辦事的時候，這傢伙會去買衣服。因為她沒有春天的衣物。」

原來是因為有班諾先生的介紹可以算便宜一點，他才陪她過來。得知兩人的目的地並不相同，我鬆了口氣。

「你們回去路上小心。」

在舊衣舖的店門前道別後，我與路茲走在沒有什麼人通行，因而殘留著許多積雪的道路上。四周十分安靜，一踩在積雪有些結凍的地面上，還會傳來沙沙聲響。

「呼，真是嚇死我了。多莉，我還擔心妳要是介紹自己是奇爾博塔商會的都帕里學徒，那可就完蛋了。」

「咦？」

「因為對他領的御用商人來說，髮飾是很重要的商品吧？只要能知道做法，就可以在自己的領地裡生產，所以有關髮飾工藝師的情報都被守得很嚴。去年夏天還吩咐過妳們，不要隨便在外走動吧？」

路茲說得沒錯。我想起當時大家都被吩咐，不管去哪裡都一定要結伴同行，而且最好帶著男性。時序從秋天尾聲進入冬天後，他領的御用商人都離開了，也就沒有人再提醒我們，我也完全忘了這回事，因此鬆懈了警戒。而卡琳是他領御用商人的女兒，會負責蒐集情報，我剛才應該要更提高警覺。

……我剛才應該要仔細觀察情況，而不是生氣自己與路茲在班諾先生面前被當成是戀人。

「有卡琳在，普朗坦商會的人真的都無法放鬆呢。」

「是啊，今天為了要準備帶去萊瑟岡古的資料，本來就說好了要找人帶卡琳離開店裡……但我沒想到最後是由要去商業公會辦事的老爺負責。」
聽說衣服等隨身行李就算被卡琳看見了也沒關係，但與印刷協會以及植物紙協會有關的資料一定要藏好。
……什麼啊。
得知這就是兩人單獨外出的理由，以及普朗坦商會整間店的人都很努力在隱藏重要情報，我內心的不滿忽然煙消雲散。心情一變好，踩在積雪路面上的步伐也輕快起來。
「路茲，那之前召集古騰堡們去神殿，是為了什麼事情？」
「因為我們下次要去的地方是萊瑟岡古……」
路茲挑了可以說的事情告訴我。比如他們提出了請求，希望在萊瑟岡古也能把工作地點設置在平民的居住區域裡；之前羅潔梅茵大人向古騰堡訂做的床墊，也趁著這次會面送進了神殿；神官長試坐過墊子後十分滿意，還當場訂做了新的長椅。
「薩克還誇下海口，說要讓費爾德工坊成為所有領主一族都指定合作的店家。」
「這樣啊……對了，這次為什麼神官長也出席了呢？」
「他想問有關石鋪的事情。尤其是沒能成功剖開魔獸時拿到的魔石……那個當下我真是嚇出一身冷汗。因為除了我以外，沒人能夠回答……」
平常都是習慣與貴族應對的班諾先生會做為代表回答，但因為他與馬克先生都不會在森林裡狩獵或解剖魔獸，所以也不曾出入過石鋪。加上大半工匠都沒有受過多少教育，無法在一群貴族大人的包圍下還能不失禮數地回話。因此路茲說他當下雖然緊張得不得了，但還是舉手回答了神官長的問題。

「那你有沒有說錯話或被罵？」

「放心啦，神官長從羅潔梅茵大人還是青衣巫女的時候就很照顧她，也沒嫌棄過我父母說話粗俗。就算平民的言行舉止有些不合規矩，他也不會突然發火。」

但神官長最讓我印象深刻的事情，就是他從我們身邊帶走了梅茵。可是路茲和我不一樣，因為當初神官長在聽完他與父母的主張後，幫忙修復了他們家的親子關係。

「我也知道神官長在背後幫了羅潔梅茵大人很多忙啊。」

……但心裡就是有無法消除的芥蒂。

我閉上嘴巴，默默行走。沉默忽然降臨後，就只有踩在雪地上的腳步聲格外清晰。路茲偷偷觀察我的表情，眼神左右游移。

「我想想後來還講了什麼……啊，對了，羅潔梅茵大人還問了老爺會不會結婚。」

「咦？那班諾先生怎麼回答？」

「他明白宣告自己不會結婚，也不會做出對羅潔梅茵大人與領主大人不利的事情。聽說之前在城堡談話時，他還建議可以給卡琳的父親一點處罰，讓艾倫菲斯特在與庫拉森博克往來貿易時能更有主導權，也避免以後又有商人做出同樣的事情……」

「真的嗎？真不愧是班諾先生！我徹底放心了。」

真想好好感謝在大家面前提出這個問題的羅潔梅茵大人，她正好問了我最想知道的事。如果她還是梅茵而不是羅潔梅茵大人，我一定會緊緊抱住她，用力摸頭給予稱讚。

我哼著歌邁步前進。但是，這次換成路茲不發一語。面對突然到來的沉默，換我偷偷觀察路茲的表情。這時，路茲那雙綠色眼睛定定往我看來。

「……多莉，妳喜歡老爺嗎？」

「咦？」

路茲的這個問題太過突然且出乎意料，讓我整個人嚇了一跳。我眨了幾下眼睛後，忍不住笑出來。

「路茲，你在說什麼啊？我只是擔心商會跟羅潔梅茵大人而已。」

「是嗎？」

「是啊，而且班諾先生是大店的老闆，年紀又大了我那麼多歲，像我這樣還沒成年的小孩子，怎麼可能對他產生男女間的感情呢？當然啦，我也覺得他是很棒的人，但你別突然說這種奇怪的話。」

我對這件事一笑置之，路茲卻歪了歪頭，邊走邊「嗯……」地低吟。

「要是突然聽到你這麼說，班諾先生也會笑出來喔，你可不能對別人說這種話。」

儘管我還特別提醒，但路茲本來就不是多嘴的人。生活一切照舊，古騰堡們要前往萊瑟岡古的日子則是不斷逼近。然後就在積雪完全消融的時候，路茲他們啟程出發了。

陽光一天天變得刺眼，而在初夏的腳步即將到來前，貴族大人們會舉行領主會議。雖然平民無法參加，卻會深深影響我們的生活。

後來，我參加了告知會議結果的報告會。得知神官長將入贅至亞倫斯伯罕，羅潔梅茵大人有可能再遇到危險時，我大吃一驚；但最讓我驚訝的，是班諾先生與公會長在離開神殿後的爭吵。

原來之前是班諾先生自己下定決心，宣告他「絕不會做出對艾倫菲斯特不利的事情」。結果一出神殿，他與公會長就在人來人往的街道上吵了起來。即使手段有些強硬，公會長也一直想讓班諾先生與卡琳結婚，與大領地建立起有力的連結；但班諾先生卻認為，比起與他領的關係，與自領貴族的關係更重要，甚至不惜借用貴族大人的力量推掉了這門婚事。公會長氣得面紅耳赤。根據他的說法，他似乎是認為單從商人間的關係來看，班諾先生的做法太蠻橫了，不是最恰當的處理方式。

……不過，這也代表班諾先生就是這麼不想跟卡琳結婚嘛。那也沒辦法。

領主會議結束了一段時間後，接著就到了他領御用商人來訪的時期。卡琳老家因為被取消了御用商人的資格，班諾先生似乎決定請庫拉森博克的其中一名商人帶她回家。我聽老爺說，班諾先生告訴對方他們在應對上沒有任何不妥之處，並且要對方保證卡琳一路上的安全，也表明庫拉森博克的問題應該由庫拉森博克自己解決。與對方交涉的時候，班諾先生還動不動就搬出羅潔梅茵大人的名號。

……聽說這就是所謂的「凡事要物盡其用」。

雖然老爺滿腦子都只有珂琳娜夫人，但他以前畢竟曾是旅行商人，非常清楚長途旅行時女性隻身一人有多麼危險。從老爺的話中，感覺得出他也為卡琳路途上的安全幫忙出了不少主意。

夏天宣告結束，迎面吹來的風逐漸變涼後，御用商人們也開始返回各自的領地。而領地因為積雪深厚，城市建造在地底下的庫拉森博克商人們，比起其他領地都要早啟程。

今天正是庫拉森博克的商人們要離開的日子。卡琳真的會回去嗎？會不會又被留下來？莫名感到擔心的我，也跑來為她送行。現場來送行的人很多，有庫拉森博克商人投宿過的旅館的員工、商業公會的幾名職員、交流甚深的大店店員，還有不少只是來湊熱鬧的居民。

一大群人一邊往西門移動，一邊依依不捨地交談，而我只是目不轉睛地望著向班諾先生道謝的卡琳。

「班諾，謝謝你。我真的很高興能來到艾倫菲斯特，在普朗坦商會生活一段時間。雖然我無法原諒把我拋在這裡的父親……」

卡琳咯咯笑著，眼裡卻沒有半點被父親拋下後，婚事還被推掉，如今要被帶回故鄉的悲悽。明明不管是在艾倫菲斯特還是回到故鄉以後，日子應該都很難熬，她臉上卻露出了堅強的笑容。雖然至今我對卡琳都沒有什麼好印象，但此刻也不得不承認，她真是個堅強又出色的女性。

「沒必要原諒他。妳要反抗到底。」

班諾先生這麼回答時，注視著卡琳的赤褐色雙眼裡帶著寵溺的溫柔，明顯在訴說著不想與她分開。看見班諾先生露出了我至今從未見過的熾熱眼神，我胸口疼痛得就像被人緊緊抓住。

……為什麼？為什麼班諾先生會用那種眼神看著卡琳？

但其實我只是不想得出明確的答案，答案根本顯而易見，那就是班諾先生非常重視卡琳。

「……妳今後打算怎麼辦？」

「嗯……因為我的目標班諾已經超越了，那我就改成超越你的目標吧？」

卡琳淘氣一笑，往班諾先生的臉頰輕輕親了一下後，便揮揮手與要返回庫拉森博克的商人們一起離開。

「……真是的。」班諾先生皺眉捂著臉頰，但目光始終沒有從卡琳越走越遠的背影上移開過。

從內心深處湧上的複雜情感與胸口的疼痛讓我混亂不已，只是出神地看著距離不斷拉遠的兩人。

一行人消失在西門外後，來湊熱鬧的居民也三三兩兩離開，重新回歸到日常生活。秋天的冷風吹拂而過，班諾先生一度低下頭後，才轉身背對西門。瞬間，我們的目光在空中交會。

「噢，多莉，妳也來送行嗎？」

班諾先生臉上忽然綻開笑容，是他平常慣有的表情。雖然這種笑容只對親近的人展現，卻沒有半點剛才對卡琳流露過的熱切。接著班諾先生漫不經心地拍拍我的頭，這也是他經常對我做的動作。之前這總是讓我感到既難為情又高興，但今天卻只覺得哀傷。

「……請不要、把我當成小孩子。」

「啊，抱歉、抱歉。」

班諾先生苦笑說完，不以為意地大步走開。看著他的背影，我忽然感到想哭。不對，我想要的，不是這種對待熟識孩童的親近態度，而是剛才他對卡琳投以的熾熱眼光。

但是，也難怪班諾先生把我當成小孩子，因為我根本就不知道，其實他一直是在壓抑自己的情感，以普朗坦商會老闆的身分顧全大局。也從來沒發現他是為了不讓情勢不利於羅潔梅茵大人與領主大人，選擇了不談感情、與卡琳分開。而自己卻是這麼的殘忍，得知卡琳要返回故鄉、她老家被責罰時，我還天真地感到高興。

望著班諾先生的背影，我邁開腳步跟上他。或許是因為今天中央廣場的人太多，也或許是因為我只顧著看班諾先生，結果就不小心撞到了人。雙腳踉蹌的我趕緊站穩，才勉強沒有跌倒。

但不過幾秒鐘的光景，我就跟丟了班諾先生。我忽然覺得自己像是迷了路，在噴泉旁邊坐下。這時期早已沒有小孩子在這裡玩水嬉戲。

「真想快點長大。」

對著周遭不具意義的喧囂，我這麼呢喃低語道。

就算長大成人，班諾先生也不可能把我視為戀愛對象，這點我也知道。因為至今班諾先生身邊曾出現過那麼多成年女性，他卻從來沒有對任何人投以那樣的眼光過。想必只有卡琳才具備某些吸引他的特質吧。可是，我已經不想再當小孩子了。

「自己心裡竟然會有這些情感，我一點也不想知道……」

居然不自覺地拿自己與卡琳比較，然後羨慕她、嫉妒她，看到兩人要分開了還很高興。我根本不想知道自己心裡面有這些情緒。

「多莉，妳喜歡老爺嗎？」——腦海中冷不防地響起路茲問過的這句話。其實早在那時候，我就已經喜歡上班諾先生了吧。只是找了各種藉口，不想察覺心裡這份不可能有結果的愛慕，下意識地將其牢牢封印。

……我真像個笨蛋。明明路茲早就發現了。

眼眶忽然一熱，我低下頭去，滑落的淚水滴在了大腿上。

「路茲，就跟你說的一樣，我好像……真的喜歡班諾先生。」

但喃喃說出口的話語，並沒有任何人在旁傾聽。

在對著廣場喧囂吐露心聲的這一天，我終於察覺到存在於自己心底的那份喜歡，同時也失戀了。

昆特視角・士兵與騎士的情報蒐集

Kazuki Miya's commentary

第四部 IX 的特典短篇。
昆特視角。
背景在第四部 IX 聖典遭竊那時候。
昆特身為北門士長察覺了神殿的異樣，
隨後達穆爾與安潔莉卡便奉羅潔梅茵之命前來。
為了營救被擄走的四名灰衣神官，
平民區的士兵們來回奔走蒐集情報。

小小幕後筆記

昆特不僅是個傻爸爸，還具有超強行動力，他的視角我總是寫得很開心。除了與達穆爾建立起了越來越深厚的信賴關係，為了保護女兒他也始終不遺餘力，讓人再次體認到他真是個好父親。

「喂，昆特。」

聽見歐里斯的叫喚，我回過頭去。歐里斯是能力相當優秀的副士長，在我去哈塞執行護衛任務的時候，總是願意以五枚小銀幣為條件留下來駐守。沒有他，我可能就沒辦法去哈塞見梅茵，所以在這方面他算是我重要的恩人。

「怎麼了？難不成又有貴族大人的馬車來北門了？」

「沒錯。」

「前一輛馬車都還沒放行吧？饒了我吧。」

我不禁渾身無力，和歐里斯一起上樓。因為站在北門的城牆上可以清楚看見整座城市，而神殿正門與北門間的馬車大道就在眼前，更是可以看得一清二楚。

「記得第一位要過北門的貴族大人說過，現在神殿那裡沒有守門神官，但這個時期神殿居然沒有人負責開門，這怎麼搞的啊。」

我完全可以理解歐里斯為何大發牢騷。因為就在這個時期，貴族們會為了參加冬季的社交界陸續進入貴族區。許多貴族在經過長途跋涉後，都因為勞累而容易脾氣暴躁，所以守門士兵們也得格外小心。

而這個時期神殿本該負責放貴族通行，現在竟然連正門也沒開，怎麼想都很奇怪。如果只有一輛的話，我們頂多以為是那位貴族有什麼原因，無法使用貴族專用的大門，但這都已經第六輛了。

「你們怎麼還在這裡……」

「因為我們不想靠近貴族大人和騎士大人嘛。」

平日城牆上都只有兩個人守著，今天跑上來的人卻特別多。大家都在找地方避難。

我倚著城牆稍微往外傾身，觀察馬車大道上的馬車。目前大道上有兩輛馬車，工匠們正在清洗汙垢、汰換零件。當馬車已經損壞到了需要大幅整修時，就可以直接在這裡換購新馬車，或者也可以用租的。一般貴族的馬車在進城以後，都會先在馬車大道上洗去一路風沙，再穿過神殿正門，從內側的貴族專用門進入貴族區。因此有許多貴族進出城市的盛夏與秋末時分，就是馬車大道最熱鬧的時候。除此之外的季節，租借馬車的以富豪居多。

「……確實有貴族大人的馬車正往北門這邊來。歐里斯，是不是該向騎士大人通報又來了一輛？」

「嗯，騎士大人應該也開始懶得查問了，到時候會把氣出在我們頭上吧。」

北門由我擔任士長，平常會通行此處的馬車多是有事前往貴族區的平民。然而，今天進城的馬車在馬車大道上清理、保養過後，卻沒往神殿的正門移動，而是往北門駛來，甚至這種情況從中午就開始了。

「神殿那裡到底發生什麼事了？」

最先來到北門的第一輛馬車曾表示：「因為神殿外頭沒有守門神官。」所以想從北門進入貴族區。當時我們士兵本想去神殿探個究竟，卻遭到騎士制止說：「他們一定是做了什麼虧心事在撒謊，別輕舉妄動。」

和其他大門不同，北門這裡還有騎士駐守，所以貴族都是交由騎士去應對。既然騎士已經下了令，我們士兵因為身分的關係，也就無法擅自行動。一邊是長途跋涉後卻進不了神殿大門，想從北門進入貴族區還得遭受質疑，因而心情極差的貴族；一邊是認定其中必有隱情，放行前更是嚴格進行盤查的騎士。為了不受到波及，我們只好離得遠遠的。

……但我可是恨不得趕去神殿，看看梅茵是不是出了什麼事！

「士長，是不是該去神殿看看情況了？」

「列克爾，你也這麼覺得嗎？」

「到了這種地步還覺得神殿那裡沒異常的話，未免也太蠢了吧。」

列克爾這些話讓我心生勇氣，轉身下樓。我準備向騎士報告又有馬車過來北門，並請對方准許自己前往神殿察看情況。找到騎士時，想通過北門卻不願接受檢查的貴族正對著騎士大發雷霆。

「我是因為神殿那裡沒有守門的人，無法使用貴族門，才只好來這裡。你與其問這麼多問題，還不如去打開神殿的門！」

「想要通過北門，就一定要接受檢查，先前通過的四輛馬車也無一例外。即便您是基貝，也請多加配合。」

依我這平民來看，其實只要從以下三種做法中選擇一樣，根本不必吵成這樣。一是「先從平民區那邊進入神殿，再找人詢問守門神官的下落並了解情況」，二是「在守門神官回來之前，先老老實實地待在平民區等候」，三是「若想通過北門，那就坦然接受騎士大人的檢查」。

然而，貴族絕不可能願意從平民所用的門進入神殿，也不認為自己需要去問話，反而是平民與灰衣神官應該來向自己說明；更不可能安分地待在髒兮兮的平民區裡等候，也真心認為騎士竟敢盤問身分高貴的自己，簡直無禮至極。

……因為本來的門不能走，現在只能使用平民在用的北門，我也知道貴族大人會覺得這是奇恥大辱，但實在有夠麻煩。

「騎士大人。」

「何事？」

大概是因為檢查工作不順利，騎士顯得十分暴躁，目光兇狠地往我瞪來，但我並不打算就此退縮。

「稍後又有一輛馬車即將前來。事已至此，能請您允許我前往神殿查明原因嗎？」

我一問完，騎士與貴族便同時吼道：「你別多管閒事！」「別浪費時間了，還不快去！」

現場靜默了一瞬後，貴族怒目瞪向騎士，看來這位貴族的身分比騎士要高。「抱歉失禮了。」騎士這麼說完就不再作聲。

「若能使用貴族門，我才不走這種側門。你，快去神殿把守門的人找出來，我馬上準備前往神殿。」

「遵命。我這就前往神殿，告知守門神官不在崗位一事，並請他們另外派人。」

終於有了正當理由能去神殿後，我馬上從一臉兇惡的騎士與貴族身邊靜靜退開，接著拔腿狂奔。

跑過馬車大道，我先是確認神殿的正門是否關著，再跑向與平民區相連的大門。

「……明明有人在嘛。」

我在神殿的大門附近看見灰衣神官的蹤影。看來只是遇到什麼麻煩，讓他們暫時離開了工作崗位。而他們會離開，肯定也是因為貴族提出的無理要求，畢竟我很清楚一般貴族都是怎麼對待平民與神官。

「喂……這裡好像直到剛才為止都沒人守門，發生什麼事了？」

我曾擔任保證人帶著灰衣神官去森林，也曾指導他們如何準備過冬，每次去哈塞我也一定負責護送，所以住在孤兒院裡的人我大都認識。由於他們不習慣別人大聲說話，也接受不了粗魯的言行，所以我盡量不讓他們感到緊張地出聲喊道。

「啊，昆特先生，其實我們是來交接的，卻沒有看到半個人，我們也覺得奇怪……」

看來這幾個神官為了交接才剛剛出來，並不了解情況。那麼就算再問下去，大概也問不出所以然來吧，我決定馬上折返。

「雖然我沒有生氣，但這裡因為剛才沒有守門神官，一些貴族大人進不了神殿，又在北門被攔了下來，全都氣得七竅生煙。等一下會有兩輛馬車陸續過來，你們最好做好心理準備。」

「……給您添麻煩了。」

我轉身背對致歉的灰衣神官們，起腳跑回北門，將神殿已有守門神官一事告知坐在貴族馬車上的車夫。一直在北門聽著貴族與騎士的爭吵，精神上大概也相當疲累吧，車夫一派如釋重負的模樣，立刻駕著馬車往神殿移動。

……呼，這下終於恢復正常了。

回到北門士兵的房間後，我緩緩吐了口氣，心想幸好沒出什麼大事。因為神殿是梅茵居住的地方，我不希望發生任何問題。

但是，既然已經發生了異常情況，事情當然不可能就此落幕。

「昆特，有騎士大人騎著騎獸在城門上降落，指名找你過去！」

貴族大人的馬車離開後，我們士兵重新回到平常的工作崗位上，然而沒過多久，副士長歐里斯一個箭步衝了進來。對方居然指名找不過是平民士長的我，而不是在北門駐守的騎士，肯定出了什麼緊急情況。我急忙衝向樓梯，跑上城門。

「這不是達穆爾大人與安潔莉卡大人嗎？」

出現在城門上的，是梅茵的兩名護衛騎士。達穆爾大人從梅茵還是青衣見習巫女開始，就一直跟在她身邊擔任護衛，以前還會從神殿護送她回平民區的住家，在神殿與他領貴族起衝突時也曾保護梅茵。雖然現在梅茵成了羅潔梅茵大人，但他似乎仍負責保護女兒，偶爾去哈塞時也會碰見他。

旁邊那位女騎士則是安潔莉卡大人，我在哈塞的小神殿裡也見過她走在梅茵身後。由於梅茵叫過她的名字，所以我只是記了下來，但與達穆爾大人不同，我從未與她交談過。

看到喚我前來的騎士是認識的人，我有些放鬆下來，因為我知道這兩位不是會提出無理要求的貴族。但是與此同時，我也察覺到了羅潔梅茵大人的護衛騎士跑來北門所代表的意義，立刻挺直身子站好。

「是羅潔梅茵大人出了什麼事嗎？」

「沒錯，那我們就直說了。安潔莉卡，準備好斯汀略克！」

「是！」

安潔莉卡大人忽然將手伸向自己的劍。她要做什麼？瞬間我緊張起來。騎士要是拿著武器突然砍來，區區平民士兵眨眼間小命就沒了。我反射性地伸手想拿武器，但立刻按住自己的手。

不過，安潔莉卡大人只是伸手觸碰劍柄，並未拔劍，然後維持著那個姿勢說：「達穆爾，我準備好了。」雖然不知道是準備好了什麼，但達穆爾大人點一點頭後開始說明。

「就在剛才，羅潔梅茵大人與斐迪南大人都不在神殿的時候，有四名守門神官被擄走了。種種跡象顯示，犯人的目的似乎是闖入神殿長室。而且斐迪南大人推測，犯人應該是認為少了幾名灰衣神官也沒人會發現的貴族。」

我倏地往腹部使力，強忍下想要大喊「你說什麼?!」的衝動。又有貴族盯上梅茵，讓她身陷險境了嗎？大概是看到我臉色不變，達穆爾大人帶著笑意微微瞇起灰色雙眼。

「別擔心，羅潔梅茵大人平安無事。」

聽到梅茵沒有受傷，我暗暗鬆了口氣。

「為了救回四名灰衣神官、找到擅闖神殿長室的犯人，我們需要各位的協助。還請動員平民區的士兵蒐集證詞，針對擄走四人的可疑馬車打探消息。」

說到這裡，達穆爾大人頓了一下，輕抬起手來。安潔莉卡大人一看，便把放在劍柄上的手拿開。他們到底在做什麼？我正感到納悶，達穆爾大人又將灰色雙眼轉向我。

「昆特，是羅潔梅茵大人說只要通知你，你就會立即展開行動。拜託你了。」

明明身邊有那麼多厲害的貴族，好比眼前這兩位護衛騎士，梅茵卻還是決定把事情交給我。聽說她還說了，若要打聽馬車的消息，士兵會比騎士更迅速確實。

……這時候要是不完成女兒的要求，怎麼算是好爸爸呢！

「先前第四鐘響後，有幾輛貴族大人的馬車因為神殿沒有守門神官，相繼來到北門。目前已知從北門進入貴族區的馬車共有四輛，接班的守門神官出來後，有兩輛馬車去了神殿，這幾輛馬車都沒有可疑之處。」

「那麼進城的馬車……」

「其他馬車都是從北門以外的大門入城，還需要另外蒐集情報。」

絕不能再犯下之前那種讓他領貴族入城的失誤。身為父親，我一定要排除會威脅到梅茵的危險人物，至少也一定要回應女兒的期待。我從達穆爾大人身上別開目光，轉向副士長歐里斯。

「歐里斯！現在開始蒐集情報。你們分成幾組人，去打聽有沒有人目擊到那輛載了四名灰衣神官的可疑馬車。列克爾！我要知道守門神官消失不見的確切時間。記得先問早班的士兵，之後再去馬車大道打聽，確認有沒有人看到過最後一輛進入神殿正門的馬車。一有結果，就來城中的會議室稟報！」

「是！」

士兵們接到指令後立即散開，我再看向達穆爾大人。

「接下來我會去每個大門，以士長的職權請眾人幫忙蒐集情報。」

「不，這件事我們來吧。我們有騎獸，可以比你更快前往每個大門。安潔莉卡，斯

汀略克沒問題嗎？」

「我試試看。」

安潔莉卡大人再度觸摸劍柄，我也反射性地想拿武器。就在這時候，安潔莉卡大人的劍竟然發出神官長的聲音，複述起達穆爾大人剛才的說明。

……這是怎麼回事？

好奇妙的劍，居然用我記憶中神官長的聲音在說話。「這下其他士兵聽了，應該都能清楚了解吧。」達穆爾大人顯得十分滿意，安潔莉卡大人也點頭說：「說明就交給斯汀略克了。」但是，就連比其他士兵更常見到魔導具的我，在看到安潔莉卡大人把手伸向武器的那一瞬間，都很難只是靜靜站著不動。

……這怎麼可能放心讓他們自己過去?!其他大門的士兵會嚇得暈倒吧！

「安潔莉卡，那妳去西門，我去東門，最後在南門會合。」

「請等一下！若能允許我同乘騎獸，還請帶我一同前往。要是看到不認識的騎士大人突然出現，手還伸向武器，士兵們絕不可能冷靜聽兩位說明。」

我提出同行的請求後，達穆爾大人想了一會兒。

「可是，我們在祈福儀式與收穫祭時都會同行，士兵應該多少認得我們吧……」

「士兵當中會前往哈塞擔任羅潔梅茵大人護衛的，只有少部分人而已。況且，也不是所有大門的士長都認得達穆爾大人與安潔莉卡大人。」

其實根本沒有多少士兵認得兩人，能在他們突然出現時就想起：「啊，兩位是羅潔梅茵大人的護衛騎士。」我會認得，是因為達穆爾大人在梅茵還是青衣見習巫女時就擔任她的護衛，有段時間還負責接送；他還當面告訴過我們他領貴族有多麼危險，遇到危險時也一起並肩作戰過。

「那麼為了以後著想，得讓士兵認得我和安潔莉卡的長相才行。昆特，麻煩你了。」

「遵命。」

於是達穆爾大人讓我與他共乘騎獸，在離北門最近的東門城牆上降落。這搞不好是我人生中看來最像騎士的一次。真想讓伊娃也看看，要是梅茵也和達穆爾大人一起來的話……雖然這些想法在腦海裡直打轉，但我當然沒有表現出來，板起臉孔向在城門上看守的士兵下達指示。

「我是北門的士長昆特。神殿長有令，要請士兵提供協助，快去把東門士長及班長叫來。」

「是！」

正吃驚地看著騎獸的看守士兵立刻飛奔下樓。想必會和剛才來叫我的歐里斯一樣，急忙去找來士長他們吧。不出多久，東門士長及班長神色倉皇地跑上來。

「這兩位是神殿長羅潔梅茵大人的護衛騎士，達穆爾大人與安潔莉卡大人。今後神殿長需要向士兵尋求協助的時候，可能會由兩位直接前來。」

「昆特，謝謝你的介紹。」

東門士長似乎察覺到了我是為了介紹兩人才跟過來，他鬆了口氣地點點頭後，跪在達穆爾大人與安潔莉卡大人身前。

達穆爾大人先把情況說明了一遍，再傳達羅潔梅茵大人的指令。我也在旁邊補充，要他們別忘了問問值早班的士兵。

……東門這裡目前有六輛帶著貴族徽章的馬車通過，並無可疑之處啊……

「等蒐集完情報，士長請到城中的會議室集合。」

在東門說明完，我們隨即趕往南門。重複了一遍介紹與說明後，南門士長立刻表示他們發現有輛馬車十分可疑。

「我剛才正好接到報告，說有輛馬車從放置行李的地方傳出了奇怪聲響。守門士兵要求查看後，對方卻出示貴族的戒指，讓他無法繼續追問。」

說完士長看向一名班長，班長用力點頭贊同，接著說道。

「當時是我負責應對。馬車上並未看見任何家徽，戒指又很小，無法清楚看見上頭的圖紋。不過，戒指本身確實是真品，因為並不是玻璃珠，而是那種帶有神秘搖曳光澤的石頭……還有士兵認為可能是偷來的。」

我與達穆爾大人對看一眼。這也太可疑了。

「你們知道那輛馬車是從哪裡進來的嗎？」

「這我們不清楚，但馬車是一路從工匠大道駛過來的。」

「你們說的剛才是什麼時候？」

「大概是見習士兵在練習寫文字的時候。」

達穆爾大人一臉不明所以地皺眉。士兵之間很常用這種方式來表達某段時間，但騎士大人肯定聽不懂吧。

「孩子們才剛剛開始學習，似乎還沒到他們坐不住的時候，那就表示馬車幾乎是前腳剛離開……」

「什麼?!」

「達穆爾，要追上去看看嗎？」

至今一直安靜不動的安潔莉卡大人，一眨眼便把手搭在騎獸上，隨時準備起飛出發。達穆爾大人立刻制止。

「安潔莉卡，不行！我們只是奉命蒐集情報，追蹤與否要先問過羅潔梅茵大人。」

「是！」

遭到厲聲制止，安潔莉卡大人一臉遺憾地把手放下。不過，那雙藍色眼睛仍緊盯著南門外，像在注視敵人離去的方向。貴族女性竟然會散發出戰士的氣息，這讓我嚇了一跳，但聽到他們奉梅茵之命，是認真想要解救灰衣神官他們，又令我由衷高興。

……因為一般的貴族大人，根本不會想要去救神殿的人啊。

我無法在空中飛行，迅速前往解救被擄走的灰衣神官。而達穆爾大人與安潔莉卡大人雖是奉梅茵之命，但他們從來不曾對平民或灰衣神官表現出絲毫厭惡。既然如此，我也該傾力相助，讓他們盡快把這項消息帶回去給梅茵。

「嗯，看來南門這裡沒有貴族用的馬車進城。那請你們繼續調查，還有沒有人看到過貴族大人的馬車或是形跡可疑的馬車。蒐集完情報後，請到城中的會議室集合……接下來就交給士兵他們蒐集情報，我們前往西門吧。」

到了西門，我們再一次重複同樣的介紹與說明。一名班長立即舉起手來。

「值早班的士兵曾告訴我，有輛馬車十分可疑。」

「早上嗎？」

「聽說是在第三鐘響前，有輛進了城的馬車車身上雖然沒有家徽，外觀也很樸素，看起來就像是平民富豪在乘坐的，但車夫的態度卻傲慢到明顯平常是在服侍貴族。」

很顯然坐在那輛馬車裡的，是偽裝成平民的貴族大人。畢竟再怎麼偽裝，一些細節還是會露出破綻。

「肯定是同一輛馬車，外觀也和南門士兵描述的一致。」

「把那名值早班的士兵帶到城中的會議室來。還有，也麻煩你們再去打聽，有沒有人在其他地方看到過這輛馬車。順便問一下，今天還有幾輛貴族的馬車進了城？」

「今天共有四輛，但這四輛馬車都沒有可疑之處。」

我下達完指示，也了解需要知道的基本資訊後，轉向兩名護衛騎士。

「達穆爾大人、安潔莉卡大人，接下來就交給我們蒐集情報，請兩位先回神殿吧。現在應該請羅潔梅茵大人盡快做出判斷，然後追上從南門離開的馬車。」

「但是，我們現在只是每個大門都去了一遍，就已經蒐集到不少消息。如果再等一點時間，也許能得到更有用的情報。」

達穆爾大人的個性大概是謹慎又力求準確無誤吧。我想起第一次見到他時，他臉上還帶有少年的稚氣。身為騎士，他一直忠厚老實地保護梅茵。由於知道他的為人，我才敢向騎士提出自己的意見。

「但在我們談話的這個當下，那輛可疑的馬車正不斷遠離城市，來不及把人救回來的可能性只會越來越高。一旦蒐集完了城裡的情報，我會立刻前往神殿稟報，還請各位盡快去救灰衣神官。倘若救不回他們，羅潔梅茵大人一定會非常傷心吧。」

「我明白了。」達穆爾大人立即跨上騎獸。他還是和以前一樣，就算是平民提出的意見，也願意認真傾聽。只是樣貌變成熟了，但心性和思考方式還是沒什麼變。

「昆特，那接下來就交給你了。安潔莉卡，我們走吧。」

「是！」

之後我在城裡東奔西跑，也與同樣在蒐集情報的商人們合作，打聽到了許多有關可疑馬車的消息。加以整理歸納後，我便做為士兵代表前往神殿。遺憾的是，我沒能見到梅茵，當面向她報告，但吉魯告訴我，他們已經平安救出灰衣神官了。

「對於平民居然能蒐集到這麼多情報，神官長也大吃一驚喔。」

吉魯和我分享了一些他在神殿長室裡與貴族近侍們有過的對話。這次不僅成功救出灰衣神官，我們的通力合作似乎也讓貴族大人們大感吃驚。

「聽說都是因為有大門提供的情報，才能及時找到我們。而且還是多虧了昆特先生，才能取得士兵們的協助。我們能夠得救，都得感謝你。」

「我們不過是灰衣神官，作夢也沒想到有這麼多人願意來救我們。」

獲救的灰衣神官們走出來，臉上滿是安心和喜悅。看著他們的笑容，我不由得感到自豪，很高興能夠救出他們。

……嗯，梅茵真的盡責地在保護著他們。

忽然間，梅茵的聲音與重要的約定掠過腦海。

「因為我是爸爸的女兒，所以，我也會連同城市一起保護大家。」

我可以清楚地感受到，梅茵很努力在遵守與我的約定，稱職地當著神殿長與孤兒院長。從前那個害怕要在神殿過冬的年幼孩子，如今已經長大了，能夠率領自己的近侍，前去解救灰衣神官。

……真不愧是梅茵。我的好女兒。

看著非常高興能獲救的灰衣神官們，反倒是我的眼眶開始發熱。

尤修塔斯視角・舊木板與新信件

原本只刊登在網路上的特別短篇。
時間介於第四部 IX 與第五部 I 之間。尤修塔斯視角。
寫到了在亞倫斯伯罕整理行李的尤修塔斯與艾克哈特。
兩人處理掉了上頭的內容自己已毫無記憶的舊木板後，
就此展開新生活。
內容也包括他們是如何回覆羅潔梅茵的來信。

小小幕後筆記

連載時曾有讀者表示：「如果完結後還預計寫續集，要不要從現在開始就埋伏筆呢？」因此這則短篇是否要放在本傳裡頭，讓我非常苦惱。但在本傳裡加入一段懸而未決的插曲，感覺實在很突兀，最後還是放在了網路上。

客房裡沒有秘密房間，因此重要物品只能放在需要登記魔力的魔導具箱裡保管。我把斐迪南大人交代的魔導具慎重地放進箱子裡。

「艾克哈特，這個拿走吧。太礙事了。」

我拿出礙事的木板騰出空間，輕輕丟向艾克哈特。木板在半空中旋轉，隨即被艾克哈特牢牢接住。

「沒想到這塊木板還真的成了預言。」

接下那塊老舊的木板後，艾克哈特輕嘆口氣。早已老舊泛黑的木板上，墨水也有些模糊暈開，以我的字跡寫著：「據說斐迪南大人將與奧伯・亞倫斯伯罕訂婚，離開艾倫菲斯特。真是可喜可賀。」但是，我根本不記得自己寫下過這行字。

唯一可以肯定的是，我是在斐迪南大人就讀貴族院時的某三天內寫下了這段文字。然而，有關那三天的記憶卻是一片空白。無論是寫下這行文字的我，還是當時曾一起行動的斐迪南大人、艾克哈特與戴肯弗爾格的見習騎士們。

根據出發去採集原料的日期，以及回到宿舍後向其他人問話的結果，我們發現自己完全失去了那三天的記憶。只不過，我們消失的那三天似乎還是去採了原料，帶回來的大量原料全都已經分類完畢。

戴肯弗爾格的見習騎士們倒是很快就調適好心情，認為既然目的已經達到，有沒有記憶都無所謂。但是，斐迪南大人習慣凡事都要追根究柢，因此開始到處查探。然而能找到的線索，就只有當時所蒐集的原料與幾塊木板，上頭的文字還是由我與斐迪南大人所寫下。結果根本無從查起，只能死心放棄。

「起初看到這塊木板的時候，我還欣喜若狂……」

「是啊，海德瑪莉也很激動，說斐迪南大人終於可以離開艾倫菲斯特了。」

艾克哈特忽然遙望遠方，露出懷念的淡淡笑容。

斐迪南大人升上高年級以後，多半是因為前任領主經常臥病在床，每當他在貴族院取得了優秀的成績，薇羅妮卡大人的欺壓便變本加厲。

「那時候，為了可以跟著斐迪南大人一起前往亞倫斯伯罕，海德瑪莉還說要跟我結婚呢。」

當主人為了婚嫁要離開領地時，通常單身的異性近侍鮮少能獲准同行。因為侍從與護衛騎士往往會挑選同性，文官則是因為擔心情報與魔導具的操控技術外流，一般不會獲准同行。我與艾克哈特還有可能跟著斐迪南大人一起離開，但海德瑪莉獲准的可能性很低，所以她已經想好了要跟艾克哈特結婚，以家人的身分同行前往。當時我還與斐迪南大人一起苦笑，覺得這果然是海德瑪莉會做的事。

「因為海德瑪莉總是把斐迪南大人擺在第一順位。」

「艾克哈特，這點你也一樣吧。」

艾克哈特與海德瑪莉這對夫婦非常相像，兩個人都把斐迪南大人擺在第一順位，還經常比較誰的貢獻更多、誰知道更多有關斐迪南大人的厲害事蹟，被迫判定輸贏的我總是一個頭兩個大。

……發現這塊木板的時候，我真的是欣喜萬分。

只有在貴族院的時候，斐迪南大人才能過得比較悠然自在。但在原本論及婚嫁的戴肯弗爾格領主候補生確定要嫁予王族後，這樁婚事也就不了了之，斐迪南大人只能返回艾倫菲斯特。

儘管斐迪南大人的優異表現使得領地排名多少有些提升，但是另一方面，艾倫菲斯特不僅奧伯正臥病在床，加上政變時保持中立，並未站在任何一方，可想而知一旦奧伯逝世，沒有母親的領主候補生便會完全失去後盾。因此斐迪南大人再怎麼優秀，那時候也沒有半個領地想招他為婿，而斐迪南大人在領內又極有可能失去地位，所以沒有女性願意嫁給他。

在那種情況下發現的這塊木板，為我們帶來了希望的光芒。但是，「奧伯·亞倫斯伯罕的未婚夫」這部分實在教人費解。因為如果不是由女性繼承奧伯之位，斐迪南大人根本不可能成為奧伯的未婚夫。就算假設奧伯·亞倫斯伯罕馬上就會登上通往遙遠高處的階梯，但底下還有兩位被視為下任奧伯人選的男性領主候補生。

當時亞倫斯伯罕第一夫人的么女，也就是萊蒂希雅大人的母親確實正就讀貴族院，但與斐迪南大人沒有任何交集就畢業了。

在斐迪南大人畢業後，必須進入神殿時，我依然把希望寄託在這塊木板上，然而最終亞倫斯伯罕還是沒有傳來這方面的消息，所以只能判定木板上的文字並不可信。

「早不來晚不來，偏偏在這時候實現……」

「因為現在多虧了羅潔梅茵，艾倫菲斯特整體的發展都開始步上軌道。」

大小姐是個非常奇特的孩子。她有著夜空色的頭髮，明月般的金色眼瞳，容貌之秀麗就算與斐迪南大人站在一起也不會相形失色，魔力更足以出入斐迪南大人的工坊。而且大小姐沒有獻名，便得到了斐迪南大人的信任，可說是極其罕見的存在。

「當初我可是獻名以後，才得到了斐迪南大人的信任。」

看到艾克哈特一臉不滿，我不由得失笑。大小姐太特殊了，不能與她比較。

「貴族在與人相處時，通常會隱藏真實的想法與情緒，但是平民大抵表裡如一。雖然也不是沒有表裡不一的人，但大多不擅長撒謊。就是因為可以一眼看穿大小姐在想什麼，斐迪南大人才會信任她吧，而且我聽說他曾與大小姐同步過。斐迪南大人就是在那之後，才判定可以信任大小姐的吧？」

與對方的情感同步，察看記憶。斐迪南大人應該就是在同步過後，才確定大小姐是可以信任的。只不過，當時他的表情看來非常疲憊。

回想往事的艾克哈特似乎想起了什麼，輕笑出聲。

「對了，最一開始斐迪南大人還問過我，願不願意把見習青衣巫女納為愛妾。他說如果我今後都不打算再迎娶妻子，是否願意保護一個平民。但就在同步以後，他便改口說要讓那孩子成為父親大人的養女。前後的反應竟然相差這麼多，記得我當時還為此感到驚訝。」

「經你這麼一說，斐迪南大人也說過若不是我離婚了，便能讓我收為養女。」

「也就是因為你單身，才會由父親大人將羅潔梅茵收為養女。然而我正式接到消息的時候，父親大人與母親大人卻是要以父母的身分為她受洗，結果她成了我的親妹妹，而不是養女。」

如今回想起來，明明我們由始至終旁觀了整個經過，卻還是無法理解為何事情會變成這樣。平民之女以貴族之女的身分受洗後，又成為領主的養女；見習青衣巫女還成為神殿長，讓斐迪南大人回到貴族社會。這一切有誰想像得到呢？

但是，正因為大小姐在神殿內引發了軒然大波，後來才有辦法對薇羅妮卡大人施以懲處，斐迪南大人也才能回到貴族社會。本以為薇羅妮卡大人還活著的時候，斐迪南大人絕無可能離開神殿，不料竟這麼快便還俗，心中的驚愕與困惑甚至大於歡喜。

而且大小姐在成為領主一族、就任為神殿長後，更是開始袒護斐迪南大人。她說著「有問題的話請文官自己來神殿」，減少了城堡傳喚的次數；也說著「必須栽培後進才行」，藉由教育青衣神官，減少了斐迪南大人在神殿的工作量。

「只是部屬的我們，根本做不到這些事情。」

「因為我們雖能開口相勸，但是否願意照做，還是要看斐迪南大人。羅潔梅茵則是利用領主的養女與神殿長這些身分，態度強硬地付諸實行。我常覺得她還真是天不怕地不怕，但也是這樣才管得動斐迪南大人吧。」

艾克哈特說完，我想起大小姐不只是在神殿接觸慣了的斐迪南大人，就連對奧伯也能展開交涉。她總是一副理所當然地做些連我也會裹足不前的事情。

「真不知道大小姐那種天不怕地不怕的性格是從何而來。」

「斐迪南大人曾說她在成為見習青衣巫女時，還使出威懾讓前任神殿長暈了過去，強行進入了神殿。所以，大概是天生的吧。」

換作尋常平民，多半只會畏首畏尾吧。即便要以貴族的身分生活也會感到心虛，無法輕易學會貴族該有的言行舉止。然而，大小姐絕非常人。受洗前經過一番教育後，她的儀態與遣詞用字便有了大幅改進，舉手投足宛如真正的貴族。她甚至能泰然自若地做出符合其地位的舉動，與奧伯交涉時也毫不怯場。

「不過，她只是看起來像貴族而已，常識基本上還是來自平民那時候，所以行為舉止常常不按常理，但我認為大小姐的這一點，斐迪南大人也不討厭……因為大小姐很少會出乎他的預料，或讓他覺得難懂。」

斐迪南大人這樣形容過大小姐：她是個身體虛弱到必須時時看著，還會接二連三帶來麻煩的人物。然而，每當大小姐沒有病倒，順利地達成目標，斐迪南大人在接到報告時總是一臉心滿意足。看著兩人在神殿裡極其平淡無奇的互動，也會發現大小姐能為斐迪南大人的日常生活帶來新鮮活力。

「聽到斐迪南大人說出等同家人這四個字時，我簡直不敢相信。但後來看到羅潔梅茵忙進忙出，為斐迪南大人前往亞倫斯伯罕一事做好萬全的準備，兩個人看起來確實就像家人一樣。」

「相比起貴族，平民與家人的相處模式要親密許多。大小姐大概只是以前平民的家人如何對待自己，也如何對待等同家人的斐迪南大人。」

既不是向自己獻名的下屬，也不是有血緣關係的親人，非親非故的人竟如此擔心、重視自己，斐迪南大人從未有過這樣的經歷。加上成長過程也使他無法輕易相信他人的善意，必須去思考背後有無其他意圖。一直在斐迪南大人身邊侍奉著的我，非常清楚他有多麼重視相處時可以不用事事防備的大小姐，但他本人多半沒有自覺吧。

「因為那位大人做任何事都需要理由……比如為了領地、為了奧伯。如果能就此留在艾倫菲斯特，過著平穩安定的生活……」

「但我們現在已經來到了亞倫斯伯罕，再也不可能回艾倫菲斯特去了吧。」

我邊說邊變出小刀，切削木板，上頭的文字隨著老舊的表層一同被削落。將表層削到平整得可以繼續使用後，我把木屑蒐集起來燒毀。

「希望羅潔梅茵那邊也一切安然無恙。要是出了什麼事，連那個護身符也無法派上用場，斐迪南大人說不定會親自出馬。」

「大小姐身邊有哈特姆特在。他可是自行查出了大小姐原為平民，知道以後還能三緘其口，並且想方設法守住秘密，所以大小姐那邊應該不用太擔心吧。」

哈特姆特在孤兒院四處打探後，又透過與商人的對話，自行推敲出了正確答案，最終還跑來詢問斐迪南大人自己該如何幫忙隱瞞。大小姐身邊不僅有這樣的近侍在，再加上雖然不比平民區的家人親密，但從貴族角度來看，也有著關係堪稱良好的家人。眾人常說還不夠可靠的未婚夫韋菲利特大人與同齡的孩子相比，近來也日漸穩重。

「比起大小姐，斐迪南大人更教人擔心。雖然他常嫌棄大小姐愛惹事又囉嗦，但她至今一直在無意識間不吝給予的關愛，斐迪南大人恐怕要從現在開始，才會意識到自己已然失去。若萊蒂希雅大人能取代大小姐那自然最好，但多半不可能吧，因為她天生就是貴族，即便能以貴族之姿取得斐迪南大人的信賴，也取代不了大小姐。」

「蒂緹琳朵大人更是絕無可能吧。」

說話時，艾克哈特的表情冷若冰霜。

大概因為自己是下任奧伯，而斐迪南大人不僅是下位領地的艾倫菲斯特出身，又是沒有母親的愛妾之子，所以蒂緹琳朵大人相當瞧不起國王所定的未婚夫。當她說著「既然你是未婚夫，那得輔佐我才行」，那副臉孔就和說著「既然你是奧伯收養來的孩子，得為領地派上用場才行」的薇羅妮卡大人一模一樣，就連我也油然心生厭惡。

蒂緹琳朵大人出發去了貴族院以後，斐迪南大人整個人便有些放鬆下來。酷似薇羅妮卡大人的她一直在身邊出沒，明顯對他造成了極大的負擔。冬季期間雖然能鬆一口氣，但蒂緹琳朵大人今年就畢業了，未來兩人必須出入相隨，真不知斐迪南大人是否承受得住。從今往後的生活，令我深感不安。

「尤修塔斯，雷蒙特從貴族院送了信過來，信裡同時還有艾倫菲斯特的羅潔梅茵大人的來信。」

賽吉烏斯帶著一封信走了進來，正在處理公務的斐迪南大人稍稍抬起臉龐，瞥了那封信一眼後，僅是說道：「沒有急事吧？」便又低頭看向文件。

「賽吉烏斯，你看完後幫我擬好回信的草稿。至於要如何回覆羅潔梅茵，你再問尤修塔斯吧。」

「遵命。」

從打開的封口可知信件已經過檢查，於是我與賽吉烏斯一同看起雷蒙特的來信。來信上對於今後要研發的魔導具，雷蒙特寫下了自己的看法與疑問。而大小姐的來信上，則是漫無邊際地寫著自己的日常生活點滴，還有對斐迪南大人的關心。

「『我已經到貴族院了。多虧斐迪南大人的密集預習，今年我也是所有科目都在第一堂課就合格了。怎麼樣，我很厲害吧？』」
對於如此優異的表現，確實該坦率地給予讚美。竟然能夠跟上斐迪南大人那般高壓的指導，大小姐的能力著實出眾。儘管她總是發著牢騷說：「這也太強人所難了吧。」但也每每都能達到斐迪南大人的要求。
「這部分的回覆需要斐迪南大人給予讚美呢。尤修塔斯，那麼斐迪南大人都是如何給予表揚？」
「斐迪南大人大概會說，『所有科目都能在第一堂課合格，非常好』吧？」
「……尤修塔斯，還有嗎？總不會只有這樣吧？」
「就只有這樣而已。其他表揚還有『很好』、『還可以』、『還不錯』、『正如我所料』等等，但這次因為大小姐的表現非常優秀，就用最高等級的讚美……對了，斐迪南大人在稱讚萊蒂希雅大人時，多半也只會使用這些詞彙，所以為免產生誤解，還請你預先向萊蒂希雅大人的近侍們說明。」
「表揚用的詞彙竟然就只有這些嗎？」賽吉烏斯神情愕然地訥訥低語。但是，千萬不能對斐迪南大人的讚美抱有過多期待，因為就算要求他多說一點，他也只會把前任奧伯對自己說過的話再重複一遍而已。我繼續看起大小姐的來信。
「『今年圖書館來了新館員，所以我可以放心地待在赫思爾老師的研究室裡了。不過研究室實在太髒亂了，資料又放得亂七八糟，所以我就與近侍們一起動手整理，感覺就像成了研究室的專屬圖書管理員一樣，真是好玩。赫思爾老師還說，以前都是斐迪南大人在整理資料，然後說我們這對師徒還真相像呢。』」

從前斐迪南大人是因為無法忍受資料遺失，才會迫不得已地幫忙整理，但大小姐顯然非常樂在其中。

「尤修塔斯，這部分又該如何回覆？」

「這部分嘛……如果是斐迪南大人，大概會說『整理歸整理，但也要小心別造成困擾』吧。」

「……要用叮囑來回覆這段話嗎？」

賽吉烏斯連連眨了幾下眼睛。但大小姐與斐迪南大人的對話，基本上都是以叮囑或牢騷做為結尾，所以這樣回覆應該沒問題。

緊接著，信上是一連串關心斐迪南大人的話語。

「『斐迪南大人，您現在是不是每天都在埋頭處理公務，然後一邊喝藥水呢？有沒有確保充足的睡眠時間？三餐有按時吃嗎？看過赫思爾老師的研究室以後，我忽然感到非常不安，請您一定要注意身體健康。』」

真不愧是大小姐，一語中的。斐迪南大人看了，肯定大皺眉頭。

賽吉烏斯則是一臉困惑地看著我。

「尤修塔斯，這部分又該如何回覆才好？總不能據實以告吧？」

「那就直接把這封信拿給斐迪南大人過目，告訴他再怎麼嫌麻煩，若不按時用餐、確保充足的睡眠，我們也會寫信告訴大小姐。這樣應該可以稍微改善現況。這部分就交給斐迪南大人自己回覆吧。」

大小姐總在某些細微之處特別敏銳，所以斐迪南大人會如何搪塞過關，我可是拭目以待。看來他今天會按時用餐，早早上床歇息吧。我揚起嘴角微笑，繼續往下看。

「『啊，對了，聽說斐迪南大人在亞倫斯伯罕彈奏了飛蘇平琴吧？交流會上蒂緹琳朵大人非常自豪地說，斐迪南大人為她創作了一首獻給蓋朵莉希的熾熱情歌呢，關於此事也請寫信告訴我詳情。靜候您的回覆。』」

……獻給蓋朵莉希的熾熱情歌？

「是斐迪南大人在演奏會上最後彈奏的新曲吧。聽到有人向自己獻上這樣的情歌，果然女性都會非常高興。不僅蒂緹琳朵大人欣喜不已，在場所有女性也聽得如痴如醉。斐迪南大人的琴藝還是和以前一樣精妙。」

聽完賽吉烏斯所說，我這才曉得由大小姐所送、再由斐迪南大人進行編曲的這首思念故鄉的歌曲，在這裡被解讀成了熱切求愛的情歌。

巴托特視角・暗藏的怒火

Kazuki Miya's commentary

背景在第五部 I 艾倫菲斯特進行肅清時。
主角是舊薇羅妮卡派的貴族巴托特。
巴托特不僅父母皆已向喬琪娜獻名，
他也是唯一一個
知道父母等人正聚集起來有所行動的學生。
這則短篇寫到了他對於告發的馬提亞斯等人的想法，
以及選擇向韋菲利特獻名的經過。

小小幕後筆記

其實個人很想多寫些巴托特獻名以後，與奧斯華德有怎樣的往來。但因為這是書籍版的特典短篇，不能把未來（第五部 II）他在暗地裡採取的行動寫進來，真是太可惜了。

因馬提亞斯的告發，我們舊薇羅妮卡派的學生，以意想不到的方式開始了今年在貴族院的生活。在聚集了同派系學生的房間裡，一名少女快步向我走來。她有著和我一樣，一看便知是兄妹的淺綠色頭髮。是妹妹卡珊朵拉。

「巴托特哥哥大人，事情怎麼會變成這樣，父親大人與母親大人會沒事嗎？他們與喬琪娜大人都有深交吧？人在兒童室的媞貝塔她……」

卡珊朵拉深綠色的雙眼裡盈滿不安，臉龐僵硬。我握住她的手，想讓妹妹鎮定下來。雖然我也很擔心人在兒童室的么妹媞貝塔，但現在得先讓卡珊朵拉恢復冷靜。

「……只能祈禱她不會受到牽連了。兒童室裡的孩子們比我們要年幼，應該都受到了保護，畢竟馬提亞斯好像也設法在保住我們的性命。」

「是啊，是馬提亞斯大人設法讓我們免於連坐，得感謝他才行……」

我對卡珊朵拉點一點頭，心中卻充滿了對馬提亞斯的怨恨。因為倘若他的父親基貝·格拉罕是因為與喬琪娜大人串通而被捕，我們的父母肯定也是同罪。

「卡珊朵拉，我會保護妳，所以妳打起精神來，別因為不安或腦袋一片混亂，就做出不該做的事情。」

「巴托特哥哥大人，幸好有您，我稍微冷靜下來了。我們得保持鎮定才行呢，我相信父親大人他們。」

卡珊朵拉決定相信父母，露出堅強的微笑後，我也以笑容回應。

……至少我一定要保護好這個妹妹。

「巴托特大人，歡迎歸來。您的臉色很難看呢，發生什麼事情了嗎？」

一回到房間，我的侍從利威斯多半察覺到了異樣，朝我遞來防止竊聽的魔導具。緊握住魔導具後，我一鼓作氣說完。

「馬提亞斯背叛了我們。他向領主候補生們告發，說了喬琪娜大人來訪過的事情以及冬天的部分計畫。」

「……真的嗎?!」

也難怪利威斯如此吃驚，因為為了協助喬琪娜大人取得艾倫菲斯特的基礎，在暗地裡發號施令的人正是基貝·格拉罕。誰想得到他的兒子竟會背叛家人。

「是真的。在戒心那麼重的舅父大人面前，虧他能把這樣的心思瞞到現在，他還真不愧是舅父大人的兒子。」

我再也壓抑不了心中燃起的熊熊怒火。因為與喬琪娜大人往來最密切的，正是我的舅父大人基貝·格拉罕一家。他們一家人幾乎都向喬琪娜大人獻了名，馬提亞斯又是么子，成績優異，還答應過成年後便會獻名。基於以上種種，父母親曾告訴我，馬提亞斯甚至在今年的夏季尾聲獲准向喬琪娜大人問好。

明明還未成年也還未獻名，竟然可以當面向喬琪娜大人問好。我一直很羨慕他，但也以自己的表弟為傲，希望總有一天也會輪到自己。我和馬提亞斯一樣，都藉著父母所傳授的喬琪娜大人的魔力壓縮法在增加魔力，也努力著想獲選為優秀者。

……簡直豈有此理！

「馬提亞斯不僅學了喬琪娜大人的魔力壓縮法，還發過誓成年以後會向她獻名吧？

但他竟然轉頭就倒向領主一族，還擺出受害者的姿態，厚顏無恥地說他是為了保護舊薇羅妮卡派的學生們才決定告發！那個忘恩負義的愚蠢之徒！」

利威斯完全能夠理解我的憤怒，用力緊緊咬牙。

「現在即使接到消息，也要花費不少時間才能召集騎士團，騎士當中也有我們的同伴。但不論是喬琪娜大人能達到目的，還是眾人可以平安脫身的可能性……」

「全都非常渺茫吧。」

學生往貴族院移動的這段時間，由於有許多人都要使用轉移陣，奧伯·艾倫菲斯特不可能離開城堡。加上現在是冬季社交界剛開始的時期，羅潔梅茵大人的成年近侍也都聚集在城堡裡頭。據我了解到的計畫，大人們就是鎖定了這個時期。正好就在這個時候，父親大人他們應該正為了喬琪娜大人而聚在一起。

「只要沒在聚會的時候被逮個正著，想要裝傻到底都還有可能……」

「但偏偏剛好是今天嗎？」

「這也代表他是鐵了心要摧毀我們吧……該死的馬提亞斯！」

腦海中閃過馬提亞斯的話聲──「我是為了讓大家能活下來」、「領主一族早就察覺到我們的計畫了」。他一再重複的這些話就像是在辯解一樣。也不知道是被他矇騙，還是原本就是兩人一起背叛，就連勞倫斯也在一旁幫腔。

「明明只要觀察過領主候補生的反應，就能發現馬提亞斯的主張並不可信，為什麼連勞倫斯也站在他那邊……」

我絲毫不覺得領主一族察覺到了喬琪娜大人的計畫，因為聆聽馬提亞斯述說時，兩名領主候補生都一臉驚訝，近侍們甚至還說：「得趕快通知領地才行。」只不過他們似乎早就設想好了要怎麼拯救學生，這代表領主一族確實注意到了某些跡象，但肯定並不清楚詳細情況。

「巴托特大人，聽完您所說，我也認為領主一族頂多是察覺到了某些跡象。」

「如果馬提亞斯這蠢貨沒有多嘴，喬琪娜大人早就趁著領主一族還在觀望的時候奪得基礎，將現在這一切徹底推翻！」

如此一來，舊薇羅妮卡派的貴族們也不會有性命之憂，反倒是領主一族與萊瑟岡古一族將走投無路。大家是因為毫不知情，才會被馬提亞斯的主張蒙蔽。如今舊薇羅妮卡派的學生們會被迫獻名，也是他一手造成的。

「明明是他害得大家身陷險境，居然還說想保住大家的性命？實在恬不知恥又自以為是到了極點！」

「他會這麼說，肯定是知道我們也無法指責他為叛徒吧。巴托特大人，您能忍到現在真是了不起。」

利威斯的安慰讓我用力握拳。他說得沒錯，如今的情況我們不能開口譴責馬提亞斯。關於此次喬琪娜大人的計畫，我因為是參與者孩子們中最年長的見習文官，所以只有我經由父母親得知了詳細的計畫內容。這是為了在喬琪娜大人取得基礎之際，能由我向同派系的學生下達指示，對貴族院宿舍進行掌控。這些事，就連同母妹妹卡珊朵拉也毫不知情。

「倘若主動說出我們比馬提亞斯大人更清楚詳細的計畫內容，肯定會被視為有意反抗領主一族，失去人身自由。在掌握領內的情勢之前，您只能參照卡珊朵拉大人的反應，佯裝自己什麼也不知道。」

我必須裝作一無所知的樣子，還得感謝馬提亞斯與領主一族救了我一命。光想像我就怒火中燒。

「既然領主候補生馬上要把聽到的消息送回領地，我們能否也通知父親大人他們會有危險？」

「領主候補生既已知道計畫，現在多半不能使用轉移陣了吧。」

守在轉移廳裡的騎士們想必不可能幫我們送信，我也不認為信能順利送到父親大人他們手中。一個搞不好，還會給了領主他們能闖入宅邸搜查的正當理由。

「利威斯，你能離開宿舍，與亞倫斯伯罕的人取得聯繫嗎？從後門出去的話，應該能以騎獸移動。」

與中央樓相連的正門需要有識別胸針才能出入，只會提供給學生與領主候補生的侍從。一般學生的侍從因為不會離開宿舍，所以不會持有胸針，但可以從後門到外頭去。

「但是，使用奧多南茲不是更迅速確實嗎？」

「不行，韋菲利特大人的首席侍從奧斯華德大人提醒過我們了，大概也算是一種忠告吧。好像是斐迪南大人動了什麼手腳。」

明明已讓斐迪南大人臨時更改計畫，早早將他趕出了艾倫菲斯特，卻聽說他早在這之前就設下了許多防範措施。儘管眾人常說，若有人能阻撓喬琪娜大人的計畫，那肯定是斐迪南大人，但我還是氣得咬牙切齒。

「奧斯華德大人說的話有多少可信度？」

「據父親大人所說，他已經向薇羅妮卡大人獻名了。至少可以肯定的是，他也不希望我們這個派系被消滅吧。」

說得直白點，舊薇羅妮卡派其實就是「反萊瑟岡古派」。有和我們一樣擁護喬琪娜大人的人，也有像奧斯華德大人那樣已向薇羅妮卡大人獻名的人，也有的是因為親戚關係，屬於想走也脫離不了的中立派。我們各有各的想法與追求，但能利用的時候就互相利用吧。

「看來應該可以相信他提供的資訊。但既然會提防我們送出奧多南茲，代表我們的行動也很可能受到監視。」

「是啊，不可能愚蠢到毫不監視侍從，任他們自由行動吧。但若利用下人……不對，平民派不上用場吧。」

「是的，他們既沒有騎獸，多半也不曉得貴族院的宿舍位在何處。」

我正思索著有沒有辦法能與外面的人取得聯繫時，利威斯低聲說了。

「我想現在最好別設法離開宿舍。陪同學生前來的侍從們先前都出席過說明會，當時奧斯華德大人曾叮囑我們，今年冬天不論發生什麼事情，我們侍從都不能離開宿舍，要待在宿舍裡盡心服侍主人。再想到您剛才說的，那恐怕是種隱而不宣的忠告。」

今年冬天，領主一族似乎早就打算要對舊薇羅妮卡派的貴族們採取某些行動。知道內情的奧斯華德大人是在自己的能力範圍內，提醒我們要當心吧。

「要不使用奧多南茲，又不離開宿舍就聯繫到外面的人，實在不太可能……但是，他們總不可能永遠把我們關在宿舍裡。利用交流會與他領接觸如何？」

這件事情領主候補生們肯定會想方設法不讓他領知道，畢竟這等同在昭告領主有多麼無能。由此來看，他們不可能讓所有舊薇羅妮卡派的學生都缺席升級儀式與交流會吧，因為那樣勢必引來他領的詫異眼光。

「已是高年級生的我若採取行動，很可能惹來懷疑、受到懲罰，但如果是一年級生的話……」

一年級生都還年幼，剛到貴族院這個新環境也深感不安。而他們才剛過來就得知今後有可能再也見不到家人，就算心生恐慌也不奇怪吧。

「但是，那名一年級生會不會因此遭到嚴懲？」

「不會，那個滿口天真理想的聖女大人肯定會袒護他，不讓他受到懲罰吧。」

我輕輕擺手，揮去利威斯的擔憂。

「聽說羅潔梅茵大人為了讓我們免於連坐，極力向領主進言。雖然我覺得她很愚蠢，因為她根本沒搞懂連坐的意義，又只會談些不切實際的空想，但這次正好能幫我們一把。就算其他領主候補生認為應該要懲罰那名一年級生，她也會拚命袒護吧。」

羅潔梅茵大人所推動的新流行與新事業發展得十分順利，因此她在領主一族中相當有話語權。她若極力袒護，其他領主候補生也不會繼續堅持吧。領主一族對貴族院裡的學生究竟有多麼警戒？對我們的容忍又能到何種程度？相當值得一試。

結果，在我誘導下寫了信的一年級生在離開宿舍前便被勞倫斯發現，舊薇羅妮卡派的學生也全員無法出席升級儀式與交流會。

……雖然沒能把信送出去，但能讓他領察覺到異樣嗎？

有往來的艾倫菲斯特學生竟無一人出席，即便沒有收到信，亞倫斯伯罕的學生少說也有一兩人會察覺到異樣吧。儘管我很生氣自己只能採取如此被動的手段，但總不能鬧出太大的動靜，自尋死路。

……因為父母親也有可能已經成功脫身了。

「為了讓大家能免於連坐，你不該輕舉妄動。你一個人的行為會影響所有人的未來喔！」

馬提亞斯與勞倫斯雙雙這麼斥責一年級生，神情比領主候補生還要嚴厲，竟連其他學生也一副為此感到困擾的樣子。這讓我十分火大。

……就因為馬提亞斯一個人的決定，導致在場所有人「必須獻名才能活命」，他竟然還敢大言不慚……

一旦知道真相，絕沒有人會認為是馬提亞斯救了他們。

「馬提亞斯、勞倫斯，你們用不著如此疾言厲色吧？」

「巴托特，但他做的事情會給大家帶來生命危險。必須嚴加告誡，以免他又做出傻事……」

我冷眼看著馬提亞斯他們，將那名一年級生護在身後。

「正常人都會思念自己的家人，得知他們會有生命危險，更是很難保持冷靜吧。不過，告發了家人的你也許無法理解……」

「巴托特！」

馬提亞斯因我說的話臉色一僵，勞倫斯則是大聲怒吼。但是，害我家人身陷險境的罪魁禍首正是馬提亞斯，看他因為這麼點挖苦就露出受傷神色，也難消我心頭之恨。我冷哼一聲後，轉身安慰那名一年級生。

「我知道你只是想通知家人而已，也能感覺到你對家人的重視。同樣我也不認為擔心家人、思念家人是件壞事，只不過你現在做的事情會讓大家面臨危險，這你明白嗎？」

「是……真的非常抱歉，我不會再做這麼危險的事情了。」

一年級生走到房間的角落坐下，低頭垮下肩膀。為了便於監視，我們被要求集中待在一個房間裡，所以既不能回房，在這裡也不可能躲進秘密房間，這孩子甚至無法放聲哭泣。大概稍微理解到了自己的要求有多麼殘忍，馬提亞斯只是一臉哀傷地注視著他。

就在我暗自著急的時候，領內傳來最新消息，說是肅清行動已經展開，但我仍不清楚詳細情況。只不過，領主一族似乎已經不再擔心舊薇羅妮卡派的學生會向他領透露消息，所以我們恢復到了原本在貴族院該有的生活。父母親肯定被逮捕了。

「倘若會遭到連坐，還請各位預先想好要向哪位大人獻名。」

這天，韋菲利特大人的近侍中來了奧斯華德大人，羅潔梅茵大人的近侍代表則是羅德里希，夏綠蒂大人的近侍代表則是娜塔莉大人。他們分別向我們訴說自己的主人有哪些優點。

原本羅德里希在派系裡地位最低，如今竟然一派趾高氣揚的模樣來說服我們，真教人看不順眼。他雖然很努力在宣揚羅潔梅茵大人的優點，但要把性命交到萊瑟岡古的貴族手中，光想我就不寒而慄。

「巴托特哥哥大人，您會向哪位大人獻名呢？」

卡珊朵拉滿是不安的深綠色眸子裡，映著我的倒影。

「當然是韋菲利特大人，還有其他選擇嗎？」

同派系的領主候補生只有一人而已，根本沒有其他選擇。我絕不可能把名字獻給據說是平民出身，還是萊瑟岡古一族直系的羅潔梅茵大人。而齊爾維斯特大人是喬琪娜大人的敵人，況且他還把自己的母親關起來，摧毀支持自己的派系，我怎麼可能相信這種人。芙蘿洛翠亞大人則是嫁過來後，立刻與萊瑟岡古的貴族走得極近。由她養大的夏綠蒂大人與麥西歐爾大人，思考方式也會偏向萊瑟岡古吧。

……不過，如果非要選擇女性的話，夏綠蒂大人也是不錯的選擇。因為將來她會嫁往他領，屆時便能離開艾倫菲斯特。

「卡珊朵拉，妳是見習侍從，無法服侍並非同性的韋菲利特大人。如果要獻名，最好選擇夏綠蒂大人。」

「哎呀，為什麼呢？羅潔梅茵大人雖然是萊瑟岡古那邊的貴族，但從她對羅德里希大人的態度來看，我覺得她是值得信任的人。」

儘管我很受不了羅潔梅茵大人過於天真，只會說些美好的空想，但她本人確實不壞。而我雖然無法忍受成為近侍後，地位本來比我們要低的羅德里希會變成前輩，但也不難想見一旦獻名，羅潔梅茵大人就會對我們一視同仁。加上因為訂下婚約的關係，將來她勢必成為領地的第一夫人，前途很有保障。但是，她可是萊瑟岡古的直系貴族，據說還是

平民出身，我不希望她再籠絡到更多舊薇羅妮卡派的貴族。

「卡珊朵拉，妳說得很有道理，乍看下她也是理想的主人，可是羅潔梅茵大人的身體太虛弱了。如果妳只想單純當個近侍那倒還好，但如果要把生命託付給她，身為兄長的我就不得不擔心了。」

「啊……」卡珊朵拉似乎此刻才意識到這件事，眨了眨眼睛。周遭眾人也朝我看來，明顯都豎起了耳朵。我於是稍微抬高音量，讓卡珊朵拉以外的眾人也能聽見，分析起若要服侍羅潔梅茵大人會有哪些隱憂。

譬如主人若身體不適，容易直接影響到見習侍從的成績；回領以後因為有大人在，氣氛未必會和在貴族院時一樣融洽；還有夏綠蒂大人日後多半會嫁往他領，所以跟隨她的女性還能在他領找到結婚對象等等……

「巴托特哥哥大人，您好厲害喔，我從沒想過這些事情。」

在我提供了現實層面的考量後，最終很少有人願意向羅潔梅茵大人獻名。

「巴托特大人，方便借一步說話嗎？」

「奧斯華德大人。」

聽聞韋菲利特大人的首席侍從也深得薇羅妮卡大人的信賴。此外，儘管白塔一事使得韋菲利特大人面臨廢嫡危機，但奧斯華德大人仍能以領主一族近侍的身分留到現在，代表他的能力一定很優秀吧。

「我很高興您決定向韋菲利特大人獻名，也很高興您曾提醒眾人，若向羅潔梅茵大人獻名需要考量哪些現實問題。如今舊薇羅妮卡派的貴族人數已經因肅清而減少，幸好沒再被萊瑟岡古徹底吸收。」

奧斯華德大人顯得如釋重負，我也點了點頭。

「等您成為韋菲利特大人的近侍，請一定要深入領內高層，盡可能任職高位。下任領主是韋菲利特大人，並不是萊瑟岡古一族極力推崇的羅潔梅茵大人。現在只能指望將來在韋菲利特大人的帶領下，我們派系能夠東山再起……但若想讓派系重新興盛起來，其他還有許多需要擔心的事情。」

奧斯華德大人接著告訴我的，是待在領主夫婦俱在的城堡時難以吐露的實情。他說由於芙蘿洛翠亞大人適應不了艾倫菲斯特的行事作風，薇羅妮卡大人才會疏遠她，她也因此往萊瑟岡古一族靠攏。然而婆婆一失勢，她為了增強自己的影響力，便開始凡事干涉過問。因為當初韋菲利特大人的洗禮儀式是由薇羅妮卡大人張羅主持的，所以即便芙蘿洛翠亞大人是親生母親，也不該過度干涉他的教育問題。

「領主候補生舉行過洗禮儀式後，都要遠離父母所在的生活區域，搬到北邊別館生活，但她顯然沒能理解如此規定的用意。如今韋菲利特大人在貴族院還得到了優秀者表彰，不再需要父母的干預。所以近來，我都盡量不讓芙蘿洛翠亞大人與韋菲利特大人見到面，畢竟韋菲利特大人的性情直爽坦率，容易受人影響。」

的確，現在都已經確定將來的第一夫人是羅潔梅茵大人，可不能讓下任領主再繼續偏向萊瑟岡古。

「此外，夏綠蒂大人與羅潔梅茵大人似乎並不樂見韋菲利特大人以下任領主之姿受到重用，她們總想搶走屬於下任領主的功勞，不懂得擁戴韋菲利特大人。」

明明領主一族現在應該團結一心，擁戴下任領主才對，真是可嘆——奧斯華德大人嘆氣說道。經他這麼一說，我想起以前曾聽聞，當初為了讓齊爾維斯特大人成為下任領主，薇羅妮卡大人也做過一樣的事情。

父母親曾告訴我，喬琪娜大人只是因為性別，便被排除在了下任領主的候補人選外。因此我立即明白，這便是艾倫菲斯特的行事作風。截至目前為止，此刻我最能理解喬琪娜大人的心情。

「教人傷腦筋的是，現在韋菲利特大人受到的指導，都是要他別太關注舊薇羅妮卡派。這都是因為領主夫婦想捨棄舊薇羅妮卡派，討好萊瑟岡古。」

聞言，我用力咬緊了牙。就是這位輕易捨棄自己派系的領主，處死了我的父母親。父親大人說過的話閃過腦海：「比起齊爾維斯特大人，喬琪娜大人更適合成為艾倫菲斯特的領主。」

……父親大人說得沒錯。

如果沒有馬提亞斯的告發，也許喬琪娜大人早就得到基礎了，這一切也都還來得及。我心中益發感到憤懣不甘。

……現在的艾倫菲斯特應該被摧毀才對。

我對領主候補生們沒有半點不捨之情。此刻在我心頭翻騰起伏的，是父母親曾懷抱過的野心、對喬琪娜大人的理解，以及因馬提亞斯破壞了計畫而生出的怒火，最後是想向奧伯・艾倫菲斯特報仇的渴望。

「對於獻名，我心中曾有過些許不安。但是現在看來，似乎能與韋菲利特大人的近侍們相處愉快。往後還請不吝賜教。」

將怒火埋進心底深處後，我垂下雙眼，隱藏起真正的情緒，跪下來向奧斯華德大人行禮。

洛亞里提視角・微小的疑惑

第五部Ⅱ的特典短篇。
算是第五部Ⅱ求娶迪塔的幕後故事。
主角為中央騎士團的副團長洛亞里提。
貴族院舉行了奉獻儀式以後，
中央騎士團皆對艾倫菲斯特的聖女產生戒心。
正巧此時錫爾布蘭德在情急之下提出請求，
進而引發了中央騎士在求娶迪塔上的脫序舉動。
內容描寫了中央騎士團副團長對這一連串事件的看法。

小小幕後筆記

這則短篇提到了勞布隆托的過去，還有中央騎士團對羅潔梅茵與艾倫菲斯特的觀感。心思細膩的洛亞里提，與騎士團團長勞布隆托展開了肉眼不可見的心理攻防大戰，寫著寫著讓人也緊張萬分。

「洛亞里提大人，您在處理文書工作嗎？辛苦了。」

「你們巡邏也辛苦了。貴族院情況如何？有任何異常嗎？」

王宮的騎士訓練場內，幾名騎士在這時回到休息室來。他們都是負責去貴族院巡邏的人員。為了便於聽取報告，我直接待在休息室裡翻看資料。騎士們在我前方排成一排，開始報告。

「所有廢領地的宿舍我們都巡視過了，並未發現任何異常。」

「魔獸數量也和往年一樣，沒有可疑的大量增減，也沒有發現軛拿斯巴法隆的出沒痕跡。」

往年一到冬天，許多中央貴族都會返回自己的出身領地，因此氣氛總是比較閒適悠哉。然而，今年並不允許騎士團的成員返鄉，到處都加強了守衛，這全是因為去年有匪徒將軛拿斯巴法隆帶進貴族院，還在王族出席的表揚儀式上發動攻擊。

現在我們會定期前往廢領地的閒置宿舍巡邏，確保沒有遭到賊人濫用，也會察看有無可疑的魔獸或人影。有損君騰威儀的事情絕不能再度發生。

「貴族院那裡有任何通知嗎？」

「今日戴肯弗爾格與艾倫菲斯特似乎都未與王族接觸。直到本日的第四鐘為止，並未收到任何消息。」

「是嘛，那就好。」

如今因為錫爾布蘭德王子還年幼，到處又都加強守備，所以學生與王族之間若有任何接觸或聯繫，也會向騎士團通知一聲。錫爾布蘭德大人、艾格蘭緹娜大人與亞納索塔瓊斯大人皆是會頻繁出入貴族院的王族，這幾日都有來自他們的重要通知，其中大半與艾倫菲斯特以及戴肯弗爾格有關。從沒有其他領地會如此頻繁地被傳喚至王族離宮。

「畢竟他們還特意徵得了許可，在貴族院舉行儀式。戴肯弗爾格與艾倫菲斯特應該暫時都會忙於共同研究吧。」

「還把君騰也牽連進來，研究成果肯定精采可期。」

之前艾倫菲斯特的羅潔梅茵大人特意向王族提出請求，希望能在貴族院舉行儀式，還邀請了王族一起參加。由於她說了：「為了提供屆時收集到的魔力，還請王族預先準備好空魔石。此外若想取得諸神的加護，建議王族最好也來體驗真正的儀式。」因此包括君騰在內，多位王族成員都參加了。

如果只有這樣的話，眾人還不至於字句帶刺吧。察覺到騎士們話語間的不滿，我嘆了口氣。

「你們別再說話帶刺了。羅潔梅茵大人不僅提供了大量的魔力給王族，君騰自己也說過，這是一次很好的體驗吧。」

「可是，那個盾牌……洛亞里提大人，難道您不覺得危險嗎？勞布隆托大人一直懷疑是斐迪南大人在背後操控，說不定他們也真的有意要奪取古得里斯海得。」

儀式當天，羅潔梅茵大人不准護衛騎士進入舉行儀式的場地，還變出舒翠莉婭之盾來檢測他人有無謀害之心。但是，那面盾牌不僅能夠抵擋中央騎士團的所有攻擊，她又是中立領地的領主候補生，隨時有可能與中央為敵。先前中央騎士團內，原本就只有勞布隆托大人對艾倫菲斯特懷有敵意，如今連騎士也覺得他們十分危險。

但是看過羅潔梅茵大人在奉獻儀式上的表現後，便能清楚知道她不過是善意的協助者。不僅如此，舉凡地下書庫的鑰匙、古文的解讀、儀式的重要性……所有對王族有益的情報，可以說都是由羅潔梅茵大人所提供的。不能讓大家因為對未知的強大風盾感到不安，便心生猜忌，畢竟君騰可是十分感謝她。

「發現自己的攻擊完全無法傷到對方，我也能明白你們為何覺得她很危險。但是，你們只是因為自己變不出風盾，才覺得危險罷了。只要我們也變得出來就沒問題。」

「咦？我們也能變出風盾嗎？」

眾騎士一臉意外，我輕輕點頭。由於我經常以護衛騎士的身分待在王族的餐會上，所以也聽到了亞納索塔瓊斯王子的報告。

「你們也知道，羅潔梅茵大人因為在貴族院的術科課上取得了大量神祇的加護，才開始與戴肯弗爾格進行共同研究吧？聽說兩領一起進行研究後，現在就連戴肯弗爾格也能引發光柱，獲得神祇賜予的祝福，也知道如何能變出萊登薛夫特之槍了。舒翠莉婭之盾也一樣。」

不過，為此似乎得去神殿才行，所以我們想變出來恐怕不容易吧。但這一句話就不用多說了。

「至少可以肯定的是，羅潔梅茵大人並無意隱瞞自己得到神具的方法，甚至她以外的人也能使用神具。除此之外，儘管聽到報告時我完全無法理解，但她好像也能藉由彈琴與跳奉獻舞給予祝福。所以我們應該要籠絡艾倫菲斯特，獲取更多有利的情報才對，而不是把他們視為危險的敵人、對其疏遠。你們也知道中央神殿現在有多瘋狂吧？」

眾所皆知，去年的聖典檢證會過後，中央神殿一直想得到羅潔梅茵大人。他們聲稱，備受諸神寵愛又能變出神具的聖女，應該要待在中央神殿而不是艾倫菲斯特。本來我還覺得他們簡直一派胡言，但親眼看見羅潔梅茵大人輕鬆變出神具的模樣後，卻不得不認可她確實是聖女。她應該到中央來，而不是留在艾倫菲斯特那種下位領地。但遺憾的是，想把領主候補生招攬至中央可謂難如登天……

「對了，我聽說明年的領主會議上，將由羅潔梅茵大人擔任神殿長舉行星結儀式。是亞納索塔瓊斯王子委託她的嗎？」

「沒錯，為了擁戴席格斯瓦德王子，亞納索塔瓊斯王子也是無所不用其極。因此受到牽連的羅潔梅茵大人還真教人同情。」

……既然迎娶了艾格蘭緹娜大人，那老老實實地成為下任君騰不就好了嗎？

就因為他優柔寡斷，既想得到艾格蘭緹娜大人，卻又想把王位讓給席格斯瓦德王子，才讓情況變得這麼麻煩。眾人竟還將此視為一樁美談，說他對艾格蘭緹娜大人的愛真是堅定不移，這麼做都是為了實現心愛女子的心願。然而，看著因沒有古得里斯海得而心力交瘁的君騰，我只覺得他不過是想擺脫成王後的重擔。明明君騰一心想讓魔力更多之人坐上王位，一番苦心卻遭到踐踏。

「洛亞里提大人說得沒錯。關於風盾，是我們孤陋寡聞了。因為勞布隆托大人也知道嘛。」

「那勞布隆托大人是在哪裡知道的呢？」

「好像……是服侍以前主人的時候。」

「勞布隆托大人以前的主人嗎……難道風盾在政變之前十分常見？」

眾人的對話令我臉色一沉。自從沒有了古得里斯海得，很多事情都無法去做，甚至讓人覺得君騰會心有餘而力不足也是無可厚非。大概是因為這樣，越是年輕一輩的，越對政變前還有古得里斯海得的那個時候懷有莫名的憧憬。

「可惜並非如此。政變前我便隸屬中央騎士團，但從未見過舒翠莉婭之盾。」

「所以是勞布隆托大人的經歷比較特殊嗎？不知道他是什麼時候在哪裡見過。」

「他以前服侍過哪位大人呢？我記得在侍奉特羅克瓦爾大人之前，勞布隆托大人原是騎士團裡的一員……」

政變之前，勞布隆托大人原只是中央騎士團的團員之一，後來是格里森邁亞出身的第一夫人提拔了同鄉的他。但更早之前的事情，就幾乎沒有人曉得了，這是因為政變時遺失了許多資料。

「我倒是聽說他服侍過某位旁系出身的公主……」

「哦，所以是公主出嫁後，他因為調職的關係變回了一般的騎士團團員嗎？」

王族中的公主一旦下嫁給地位比自己低的貴族，隸屬中央騎士團的護衛騎士便會被調去服侍新的主人，或是變回尋常的騎士。

「不，我聽說是公主去世之後，勞布隆托大人便遭到解任。」

「會不會是與公主相戀，所以遭到了解任？勞布隆托大人之前就是因為心裡有著無法忘懷的女性，才一直沒有結婚吧？」

「如果當初是因為與公主相戀而遭到解任，怎麼可能還被提拔為騎士團團長。況且以他那麼嚇人的長相和臉上的傷疤，有可能與公主發展成戀人嗎？」

正當眾人毫不客氣地你一言我一語時，忽然有奧多南茲飛了進來。白鳥停在我的手臂上，開口說道。

「洛亞里提，我是勞布隆托。現在過來騎士團團長室一趟。」

充滿魄力的低沉嗓音一響起，休息室內霎時闃寂無聲。

「打擾了，我是洛亞里提。」

「嗯，往那邊坐吧。」

往騎士團團長示意的位置坐下後，他便告訴我方才錫爾布蘭德王子送來了奧多南茲。據說是明天上午，王子將與艾倫菲斯特的羅潔梅茵以及戴肯弗爾格的漢娜蘿蕾一同前往圖書館的地下書庫。

……錫爾布蘭德王子明明年歲尚幼，卻很努力在履行王族的職責呢。

他身為王族，竭力盡己所能的模樣令人感到欣慰。然而，騎士團團長得到消息以後，似乎並不覺得這有什麼值得高興的地方。

「你不覺得羅潔梅茵大人竟向錫爾布蘭德王子送去奧多南茲，這點十分蹊蹺嗎？」

「但錫爾布蘭德王子是貴族院的管理者，這麼做再合理不過了吧？」

「不，羅潔梅茵大人偶爾也會送去給亞納索塔瓊斯王子或艾格蘭緹娜大人。她肯定是根據自己要做的事情，來決定要聯絡的對象。明明沒有王族的許可就不能進入地下書庫，行事卻如此鬼祟……」

雖說凡事都要存疑是騎士團的工作，但我覺得這樣未免也太多疑了。

「她都已經聯絡錫爾布蘭德王子了，行事並無鬼祟可言吧，她可是光明正大地向王族徵得了許可。團長，我知道您懷疑艾倫菲斯特在背地裡有其他行動，但一味牽強附會，只會蒙蔽您的雙眼。」

「是我想多了嗎……」聽完我的提醒，騎士團團長小聲低喃。他能接受我的意見就好，因為我總覺得騎士團團長對羅潔梅茵大人的敵意太重了。說得確切一點，是對羅潔梅茵大人身後的艾倫菲斯特與斐迪南大人。

「……但是，既然羅潔梅茵大人又試圖與王族接觸，難保不會出什麼狀況，明天要提防著點。」

「是！」

畢竟羅潔梅茵大人為了共同研究，不僅提出了請求希望能使用最奧之間，還建議王族一起參加儀式，所以對於也許還會出狀況這一點，我倒是十分贊同，最好還是不要鬆懈大意。

結果，在騎士團團長室裡警戒待命顯然是正確決定，因為錫爾布蘭德王子向騎士團團長捎來了奧多南茲，說：「我想請中央騎士團助我一臂之力。」

「請中央騎士團助他一臂之力？難道發生了連王子的護衛騎士也應付不來的事情嗎？」

「但我們若要進入貴族院，需得有君騰下令。到底發生什麼事了?!」

僅憑年幼王子寄來的奧多南茲，我們根本不了解現在是何情況，騎士團團長室裡的氣氛霎時緊張萬分。就在這時，又有奧多南茲飛了進來，這次是來自錫爾布蘭德王子的首席侍從阿度爾。

「實在非常抱歉，錫爾布蘭德王子因為產生了不合時宜的正義感，現在完全聽不進我們說的話。能請您前來導正他的觀念，讓他知道這種事情不能出動中央騎士團，以及中央騎士團並不會因為王子提出要求就展開行動嗎？」

還以為發生了什麼需要出動中央騎士團的異常事態，原來只是錫爾布蘭德王子一時太過衝動。我鬆了口氣的同時，也放開變出全身鎧甲用的魔石。

「那得趁此機會，讓他確實了解才行呢。」

中央騎士團行事一向是奉國王之命，即便是王子，也不能將騎士團當作是個人的所有物。正因我們難以違抗王族的命令，王族自己更需要有這樣的認知和自覺。

「洛亞里提，我們兩人一起過去吧。為了拒絕王族的要求，也順便開導王子。」

「是！」

這種時候得有兩名以上的人同行前往，才能確保彼此對王族所說的話正確無誤。雖說錫爾布蘭德王子還年幼，但畢竟是要向王族進行勸導，所以不能讓低階的騎士同行。由騎士團團長與副團長兩人同時出動，希望可以讓錫爾布蘭德王子明白，自己所做的事情有多麼嚴重。

離開騎士團團長室後，我們往王宮內的轉移廳移動。騎士團團長快步走著，緊皺著眉摩挲下巴。

「早知道還是該與錫爾布蘭德王子同行，查清羅潔梅茵大人究竟在找什麼資料。其實昨日我本想拜託你與王子同行。」

「拜託我嗎？您為何不親自前往？」

不論是與錫爾布蘭德王子有著深交的，還是一再對羅潔梅茵大人起疑心的，都是騎士團長，我不明白他為何想讓我同行。

「嗯，因為促使羅潔梅茵大人的監護人斐迪南大人前往亞倫斯伯罕後，她便對我懷有戒心。」

先前在眾多領地的懇求下，國王便下令要斐迪南大人入贅至亞倫斯伯罕，成為下任領主的配偶，而斐迪南大人也因此能夠離開殘暴領主逼著他進入的神殿。儘管艾倫菲斯特的領主難以接受，但我聽說斐迪南大人是欣然接下王命。

……明明監護人得到解救，羅潔梅茵大人卻不是心存感激，而是懷有戒心嗎？

我微微蹙眉。說來當初幾乎沒有召開過幾場會議，用來確認斐迪南大人個人的意願。雖然我皆未在場，但勞布隆托大人曾這麼說明：「如今亞倫斯伯罕的繼承人人數不足，斐迪南大人也身陷困境，這樁婚事對雙方來說都有極大的好處。」然而依他方才所言，彷彿斐迪南大人根本不希望有這道王命。整件事似乎兜不太起來，是我多心了嗎？

「倘若羅潔梅茵大人是位多疑的人，那她也會對我心懷戒備吧。因為前些日子，最先懷疑舒翠莉婭之盾的功用，對她發動攻擊的人是我。」

「是嘛……我本還心想為了牽制各方，這樣做正好……」

「您說的各方是？」

騎士團團長掌握到的情報似乎與我有出入，因此我無法理解他在說什麼。我不自覺地凝視騎士團團長，輕撫著臉頰傷疤的他，究竟在想些什麼？

「艾倫菲斯特究竟想在地下書庫裡找到什麼資料？錫爾布蘭德王子又為何願意通融，帶她進入地下書庫，而且毫不通知其他王子？除此之外，我也想知道戴肯弗爾格為何會陪同前往。戴肯弗爾格是錫爾布蘭德王子的血親，說不定他在擁有後盾以後，也會想要爭奪下任國王之位。但是，現在的尤根施密特不能再有更多紛爭了。」

但就是為了避免這種事情發生，瑪格達莉娜大人明明是戴肯弗爾格出身，卻甘於只當第三夫人，也始終對席格斯瓦德王子與亞納索塔瓊斯王子表現得非常敬重。除非錫爾布蘭德王子身後，有人亟欲擾亂尤根施密特現在的安寧，否則這種事絕不可能發生。

……是騎士團團長想太多了吧。

這句話到了嘴邊後，最終我還是沒有說出口。因為假使騎士團團長真的握有比我更多的情報，那我也不能空口無憑地反駁。沒辦法，先陪著騎士團團長調查吧，畢竟現在的尤根施密特確實不能再有更多紛爭，這點我萬分同意。

「錫爾布蘭德王子，奉您之命前來晉見。請問究竟發生了何事，讓您認為光靠自己的護衛騎士仍不夠，還得向中央騎士團尋求協助？」

騎士團團長與我跪下來詢問後，錫爾布蘭德王子便一股腦地開始訴說。

「聽說艾倫菲斯特與戴肯弗爾格將要比迪塔，決定羅潔梅茵的未來夫婿。明明父王已經幫她訂下了婚約，怎麼可以被人用這種方式解除呢？既然羅潔梅茵也不願意，我想要幫助她。為了保護柔弱的女性，請中央騎士團助我一臂之力。」

「……阿度爾沒有阻止您嗎？」

「他阻止過了，還說這不是王族可以干涉的事情。可是，這也太奇怪了，明明阿度爾說過，只有王族能阻止大領地蠻橫胡來，但現在看到羅潔梅茵因為戴肯弗爾格的蠻橫而傷透腦筋，卻不願意伸出援手！」

不知王子是對富有正義感的自己感到沉醉，還是年紀太小了，思慮不夠周全。換作是自己的兒子，我會表揚他如此慷慨仗義吧。想要幫助有難的人，確實是件值得表揚的事，但是錫爾布蘭德王子是王族，他必須懂得自己的言行會造成多大的影響，做任何事也都要考慮領地間的關係。

……原本這些事情等到入學後再學也不遲……

然而現在，錫爾布蘭德王子在受洗後便成了貴族院的管理者，這方面的學習事不宜遲。年幼的他或許還難以理解，但身為貴族院的管理者，與各領的人接觸時若是還像現在這樣，只怕以後會闖下大禍。

「勞布隆托，阿度爾不管我怎麼說都只是一味反對，但你應該願意幫幫羅潔梅茵吧？騎士團不是都會幫助有難的人嗎？」

那雙仰望而來的明亮紫色眼眸裡盈滿期待。但是，騎士團團長毅然決然地摧毀了他的期待，「恕我無法從命。」

「為什麼?!」

「因為國王並未下令。再者，艾倫菲斯特與戴肯弗爾格兩領的奧伯也未提出請求。

既然沒有希望幫忙仲裁的委託，我們便不能出手干預，否則將會干涉他領事務。」

兩領奧伯都沒有找國王幫忙調解，代表比迪塔一事兩領領主皆已默許，要不然就是已經同意了。儘管哈夫倫崔出身的我對此不太了解，但中央騎士團裡也有不少戴肯弗爾格出身的騎士。我無意間聽過他們討論迪塔，便向錫爾布蘭德王子稍做說明。

「倘若與婚事有關的話，比的大概是求娶迪塔吧。雖然我也不太清楚，但聽聞戴肯弗爾格有個習俗，便是男女結婚遭到父母反對的時候，就會以婚事為賭注比場迪塔。不妨直接去問問瑪格達莉娜大人，想必她會知道得更清楚。」

……如果是對父母決定的婚事感到不滿，代表羅潔梅茵大人與藍斯特勞德大人互相傾慕嗎？但羅潔梅茵大人看起來，還不到會根據喜歡與否來考慮結婚對象的年紀。難道是在其他的條件下也能比迪塔嗎？

羅潔梅茵大人的外表實在太年幼了，感覺還未成長到能夠自己尋找結婚對象的地步。魔力感知多半也還沒開竅吧。

「他們想必是打算到了領主會議上再告知迪塔結果，然後與國王商量解除婚約一事吧。既然兩領奧伯皆未正式提出委託，國王與中央騎士團便不能擅動。」

騎士團團長斷然說完後，只見錫爾布蘭德王子一臉不甘地抿緊了唇。從表情便能看出，他正拚命壓下滿腔無能為力的憤慨。

「錫爾布蘭德王子，您雖年幼，卻很努力在履行王族的職責，這是件非常了不起的事情。看到您在擔任圖書委員後，能與艾倫菲斯特以及戴肯弗爾格的領主候補生成為朋友，我們也深感欣慰。」

聽到我這番話，錫爾布蘭德王子驚訝地眨眨眼睛。王子並非全然有錯，我也不想否定他的一片好心。他的奮發向上與正義感，都是值得稱許且該繼續培養的美德。

「但是，您不能因為都是圖書委員，便過於重視個人情誼，而給予她們特殊待遇。身為王族，您必須好好學習，知道自己該秉持怎樣的立場，哪些事情可為與不可為，哪些事情又絕對要避免。」

「……是。」

錫爾布蘭德王子垮著肩膀，輕輕點一點頭。王子的品性溫文敦厚，只要冷靜下來了，首席侍從說的話也就聽得進去了吧。我卸下心頭重石，再看向同樣如釋重負的阿度爾，微微瞇起雙眼。需要開導的人，並不只有錫爾布蘭德王子。

「阿度爾，你也是……可能因為你還年輕，但你不能一味否定錫爾布蘭德王子的行為，應該要在了解他的想法後好言相勸。」

「實在非常抱歉。還勞煩兩位特意前來，我由衷感激不已。」

結束了訓斥王子這種壓力巨大的工作後，我們便從離宮返回王宮。當時的我，還以為這件事已就此了結。

「勞布隆托大人，我是貴族院的洛飛！學生在貴族院比迪塔時，有三名中央騎士團的團員突然闖入！請即刻回答我他們是否奉國王之命！」

這時我們正在君騰．特羅克瓦爾的辦公室裡，忽然有奧多南茲飛進來，帶來出人意表的消息。奧多南茲停在了正擔任護衛的騎士團團長手臂上，發出洛飛的聲音。聞言，在場眾人臉色不變。我下意識地捂住嘴巴，以免自己脫口說出不該說的話。

……難道是錫爾布蘭德王子?!但前幾天拜訪時，不是已經說服他了嗎?!

「我是勞布隆托，國王並未下令。」

與心緒大亂的我不同，騎士團團長文風不動，立即送出奧多南茲捎去回覆，緊接著在君騰面前跪下。

「陛下，請允許我前去逮捕擅自行動的騎士，並向他們問話。」

我也立刻上前，在騎士團團長身旁跪下。眼下這時候，我並不打算說出先前與錫爾布蘭德王子的對話。但是，那三名騎士也有可能是奉王族的命令行事。三人到底是不是擅自行動，必須問個水落石出。

「我也贊成向他們問話。中央騎士團裡，絕沒有騎士膽敢違令，想必是有什麼原因，他們才會突然做出這種可疑的舉動。還請允許我們前往貴族院。」

正當這時，亞納索塔瓊斯王子也捎來了奧多南茲。他說自己接到赫思爾的通報，告訴他貴族院裡有中央的騎士帶著中小領地的學生在鬧事。

……不僅在比迪塔時突然闖入，還帶著中小領地的學生嗎?

此次的異常事態簡直超乎想像。考慮到魔力量的差異，貴族院裡應該幾乎無人能夠捉拿中央的騎士。中央騎士團的高層必須親自前往，立刻逮捕他們。

「君騰，請問要聯繫貴族院的管理者錫爾布蘭德王子嗎?!」

「不了，現在沒有時間向他詳細說明。你們馬上與亞納索塔瓊斯一同前往。」

於是我們在毫無頭緒的情況下，轉移至亞納索塔瓊斯王子的離宮。這麼做是因為從王宮前往貴族院得繞不少遠路，會額外浪費更多的時間，所以從離宮前往比較快。

到了離宮，亞納索塔瓊斯王子早已帶著自己的護衛騎士在等著了。他馬上帶著轉移前來的我們一行人，打開通往貴族院的大門。

「走！」

隨後，我們在騎士樓的訓練場找到了三名擅自行動的中央騎士，但並未看見中小領地的學生。聽說是洛飛告訴他們，這三名騎士並未奉國王之命，所以要他們趕快離開。眼看事態不至於發展成連學生也要逮捕，我有些鬆了口氣。

向戴肯弗爾格與艾倫菲斯特雙方都問過話後，我們再帶著捉到的三名騎士返回中央。然而，三人的模樣明顯不太尋常。

「說！你們到底是奉誰之命?!難道是君騰並未下令，你們就擅離職守嗎?!」

「王族十分擔憂艾倫菲斯特的聖女落入戴肯弗爾格手中。而為王族分憂解勞，正是騎士團的職責所在。」

「竟敢擅自行動，哪有人會相信你們所說的話。同樣的事若再度發生，中央騎士團會失去君騰乃至全國人民的信任喔！」

「這是王族的期望。」

無論我們如何追問，他們只是一再重複說道：「這是為了王族。」「這是為了幫助羅潔梅茵大人。」看似成立的對話，其實根本毫無交集。聽著聽著，我越來越焦慮不安。因為會擔心羅潔梅茵大人落入戴肯弗爾格手中的王族，我只能想到錫爾布蘭德王子。

「今後的問話，都會有戴肯弗爾格在旁觀看。暫時先讓他們冷靜一下吧，但要小心別讓他們逃了。洛亞里提，我們去一趟錫爾布蘭德王子的離宮。」

表面上是要向貴族院的管理者報告，但其實我們是要詢問錫爾布蘭德王子，是不是他對那三名騎士下了令。因為只有我與騎士團團長知道，這位年幼的王子曾拜託中央騎士團說：「我想幫助羅潔梅茵。」

「中央騎士團發生什麼事了嗎？」

錫爾布蘭德王子在迎接我們的到來後，一臉愣愣地聽著我們報告。聽見我們詢問是不是他向中央的騎士團團員下令，前去為羅潔梅茵大人解圍，他只是搖一搖頭。

「我沒有下過這種命令，也沒有與騎士團的人接觸過喔。我甚至是現在才知道今天就是比迪塔的日子。對吧，阿度爾？」

我不由得眨眨眼睛，看向首席侍從。因為王子明明曾向中央騎士團尋求協助，卻連時間也沒有預先調查清楚，這讓我十分意外。

「正如錫爾布蘭德王子所言。先前在圖書館，從漢娜蘿蕾大人口中得知此事的時候，當下她也說了日期尚未敲定。而且經過兩位的開導，錫爾布蘭德王子也放棄了想要幫助羅潔梅茵大人的念頭，因此我們也沒有針對迪塔再去蒐集情報。只要問問騎士課程的老師們，應該就能證明我們從未打聽此事。」

與年幼的錫爾布蘭德王子不同，阿度爾顯然理解到了我們在懷疑他的主人與行為失常的中央騎士有關，也明白此事的嚴重性。他面色有些鐵青，恭謹地主張主人的清白。

「身為首席侍從，我可以擔保錫爾布蘭德王子與那幾名中央騎士從未有過接觸。況且王子尚未進入貴族院就讀，所以他既未擁有思達普，也無法自己調合魔導具。既然僅靠他一人不可能使用奧多南茲，也就不可能瞞著我們近侍與他人聯繫吧。」

交到王子手中的信件與文書，都會先經過近侍的檢查。就連要離開離宮的時候，近侍也一定會隨行。錫爾布蘭德王子既不可能，也沒有辦法能隨心所欲行動。

「再者，中央騎士團中曾受邀前來離宮的，也只有騎士團團長與副團長您二位。王子甚至除了自己的護衛騎士，從未與其他騎士交談過。這一點相信調查過後，便能證明我所言屬實……」

錫爾布蘭德王子若要學習劍術，都是由騎士團團長前來離宮進行指導。等到進入貴族院，就得自行前往王宮的騎士團訓練場，但他現在還不太有機會能離開離宮。因此說他與行為失常的三人並不相識，也沒有任何關聯，應該不是謊話。

「之前你們才嚴厲地告誡過我，還告訴了我對於中央騎士團應該要有哪些認知，所以我絕不可能再去拜託騎士團的人。而且母親大人也說了，既然已經決定要比迪塔，那我不可以出手干涉。」

錫爾布蘭德王子說話時帶了點小脾氣，不高興地往我們瞪來。而我在他眼裡，並未看見一絲一毫的心虛。

「教唆那三名騎士的人，看來並不是錫爾布蘭德王子。」

寫著報告書時，我如此喃喃自語道。但是，騎士團團長似乎仍對錫爾布蘭德王子存有疑心，目光鋒利地瞪向我。

「哦？洛亞里提，何以見得？人都有可能撒謊。如今艾倫菲斯特贏了迪塔，羅潔梅茵大人便不用嫁去戴肯弗爾格，錫爾布蘭德王子的心願也算達成了吧。」

「……王子確實有可能說謊，但他如果連比迪塔的日期也不曉得，要怎麼執行計畫。我向騎士課程的老師查證過了，戴肯弗爾格申請比迪塔一事，他們並未向錫爾布蘭德王子報備，反而是通知了亞納索塔瓊斯王子。」

大概是因為兩領太常惹麻煩，又經常把事情鬧大，所以每當艾倫菲斯特與戴肯弗爾格出了什麼問題，大多是找亞納索塔瓊斯王子出面處理，而不是在貴族院擔任管理者的錫爾布蘭德王子。因此這次迪塔的申請書，也是請亞納索塔瓊斯王子過目。

「倘若真是王子指使的，近侍們也跟著一起撒謊的話，那麼阿度爾當初根本不會請我們前往離宮開導王子。畢竟我們正是因此才曉得，錫爾布蘭德王子曾經想要幫助羅潔梅茵大人。可是，其他沒有半個人知道這件事，就連看過申請書的亞納索塔瓊斯王子，也不曉得兩領要比的是求娶迪塔。我總覺得這整件事還有第三者的存在，想讓錫爾布蘭德王子頂罪。」

「嗯……沒想到你這麼聰明，那麼我會把第三者的存在納入考慮。」

騎士團團長發出輕笑。如果能讓多疑的他稍微改變想法，那就再好不過了。因為他若像對艾倫菲斯特與羅潔梅茵大人那樣，一直對錫爾布蘭德王子存有疑心的話，兩人訓練時的氣氛會非常緊繃吧。我鬆了口氣。

……但是，如果真有第三者的存在，對方的目的到底是什麼？

如果是為了栽贓給錫爾布蘭德王子，利用羅潔梅茵大人成為賭注一事，那麼也許對方另有其他目的。從對方教唆了三名騎士後所引發的結果來看，說不定可以往回推出犯人的意圖。

指使者是想讓君騰與騎士團的關係產生裂痕嗎？還是想透過中央騎士團來貶低君騰？煽動中小領地的見習騎士們是為了什麼？有誰知道兩領將以羅潔梅茵大人為賭注比場迪塔？又有誰知道比迪塔的日期？而指使者究竟是從哪裡得到消息，又是如何與中央騎士團的人接觸？

無數疑惑在腦海中一閃而逝。就在這時，我暗暗「嗯？」了一聲，有什麼快要浮現心頭。正當所有思緒快要串連起來，騎士團團長忽然問道：「你報告書快寫完了嗎？」我猛然抬起頭，本要串起的絲線也在瞬即消逝。

……我方才究竟想到什麼了？開口回答了騎士團團長後，我試著再次聚攏腦中的思緒。身後的暖爐傳來爆裂聲響，變得脆弱的柴薪「劈哩」一聲，綻開裂縫。

亞納索塔瓊斯視角・各異的心思

Kazuki Miya's commentary

第五部 III 的特典短篇。
時間點在第五部 III。亞納索塔瓊斯視角。
貴族院的成年禮上，蒂緹琳朵跳起奉獻舞後，
竟有一瞬間使得舞臺浮現魔法陣。
當天，王族們便在用午餐時談及此事。
包括與中央神殿的對話等等，
也寫到了艾格蘭緹娜準備向羅潔梅茵蒐集情報的幕後發展。

小小幕後筆記

王族成員間在對話時，究竟要釋出多少情報才恰當？這是我每次都要苦思良久的難題。因為王族之間的勢力關係也是非常錯綜複雜。

「我還是第一次看到這樣的奉獻舞呢。居然被黑暗之神擊退，簡直就像是假扮成光之女神的混沌女神嘛。」

「嗯，就是說呀……奉獻舞課上，老師們當真認為她能勝任光之女神的角色嗎？她的表現可真是別出心裁。」

趁著成年禮與畢業儀式間的空檔，王族們聚在一起用餐。開始用午餐後，餐桌上最先響起的是不敢苟同的嘆息，以及針對奉獻舞的猛烈批評。對於亞倫斯伯罕的領主候補生蒂緹琳朵，君騰的第一夫人也就是母親大人，以及第三夫人瑪格達莉娜大人，皆給予了極低的評價。她們的心情我也能理解。

……話雖如此，若不是那樣的裝扮與髮型，她跳起奉獻舞來也許不至於如此慘不忍睹……

先前我的妻子艾格蘭緹娜，曾受託去課堂上為學生們示範奉獻舞。據她所言，當時蒂緹琳朵的舞姿儘管略顯遜色，但不至於差勁到不適合擔任光之女神的舞者。我邊想著這些事情邊用餐。

「但誰也沒有阻止她，這點更讓我感到不可思議呢。真不知道亞倫斯伯罕的第一夫人與她的未婚夫在想什麼。」

「她頭上艾倫菲斯特的髮飾，確實是未婚夫所贈吧？畢竟我也曾送髮飾給阿道芬妮。想來是她未婚夫的品味異於常人吧。」

王兄此話一出，閒談的主題就變了。從對蒂緹琳朵衣著的啞然失笑，轉變成了對髮飾的贈送者，也就是對未婚夫斐迪南的嚴厲批判。

「哎呀，怎麼會這樣呢。未婚夫在贈送髮飾時應該多為她考慮才是。畢竟一旦收到未婚夫贈送的禮物，女性非得使用不可。」

「在貴族院的最後一天居然得使用那種髮飾，也真是教人同情。」

對於王兄的發言，阿道芬妮大人原本只是微微偏頭，但一聽到母親大人她們改口批評，便皺起眉頭委婉反駁。

「哎呀，可是髮飾的款式與顏色未必是由未婚夫所挑選呢……」

看來王兄雖然送了髮飾給未婚妻阿道芬妮大人作為畢業賀禮，但並非親自挑選，而是讓她自己搭配。倘若是一起挑選，或在送禮前先詢問對方的喜好，還能讓女方高興一些，但沒想到王兄竟是採用了會讓人不滿的做法，完全交由女方自行挑選畢業賀禮。對此，我實在不能苟同，感覺他有些怠慢阿道芬妮大人。

「哎呀，阿道芬妮大人，席格斯瓦德大人總不能跑到遙遠的艾倫菲斯特去訂做髮飾，但那名未婚夫是艾倫菲斯特的領主一族吧？況且，亞倫斯伯罕的領主候補生也不可能為了訂做髮飾，便專程跑到他領去呀，不是嗎？」

「哎啊，娜葉拉耶大人。這樁婚事可是國王所指定的，蒂緹琳朵大人不是才為了訂婚儀式去過艾倫菲斯特嗎？」

王兄的妻子娜葉拉耶為丈夫說話後，他的未婚妻阿道芬妮大人當即反駁，兩人間的氣氛逐漸劍拔弩張。這時為了調停，艾格蘭緹娜輕聲開口。母親大人她們的對話，她還能面帶苦笑聆聽，但並不樂見這兩人的關係鬧得太僵吧。

「聽說那個髮飾是蒂緹琳朵大人自己的喜好喔。那個，好像是因為她並不相信艾倫菲斯特的品味。之前羅潔梅茵大人提交新髮飾的時候，還曾為此向我表達過她的擔心。明明他們做的髮飾這麼漂亮……對吧，亞納索塔瓊斯大人？」

艾格蘭緹娜輕輕觸碰自己的新髮飾，向我微笑說道。頭上的髮飾與她非常相襯，而且既然妻子都向我尋求援助了，自然得要幫忙。

……再者羅潔梅茵至今也提供了不少幫助，這種時候該為艾倫菲斯特說幾句話吧。

「嗯，艾格蘭緹娜說得沒錯。我也聽說艾倫菲斯特一共準備了五個髮飾，都是顏色各不相同，但尺寸較小的懸汀思花。據說可以讓使用者根據時機、場合與服裝自由搭配，聽起來很有意思。」

「原來是這樣呀？若是如此……」

結果還真是不忍直視──瑪格達莉娜大人是想這麼說吧。我對她投以微笑。

「竟然得奉王命與這種女性訂下婚約，身為男性我可是十分同情斐迪南。因為雖說只是暫代，但她的言行舉止實在不像是大領地的下任領主。」

「住口。亞納索塔瓊斯，你……」

眼看母親大人要開始說教，斥責我竟敢當著眾人的面質疑王命，我立刻轉移話題打斷她。

「比起那身混沌女神般的裝扮，我更在意她倒下時舞臺上浮現的魔法陣。那究竟是什麼？我以前從來沒有見過，不知父王與母親大人是否知曉？」

當時大禮堂內的眾人議論紛紛，卻沒有半個人能說明那是什麼魔法陣。留意到這一點的我從母親大人身上別開目光，看向父王。自剛才起便不發一語的父王終於開口。

「不，我也從未聽說奉獻舞的舞臺上藏有這種魔法陣。雖說這樣的魔法陣規模也太龐大……」

若連身為君騰的父王也不知道，還有其他人會曉得嗎？父王接著看向文官，但似乎沒有人有明確的答案，誰也沒有開口請求發言。

「君騰，中央神殿的人請求會面。他們說關於舞臺上浮現的魔法陣，有重要的事情要向您稟報，還說希望在向貴族們宣布之前，能夠先讓您知曉……」

餐廳內一陣譁然。王族與中央神殿素來水火不容，而且他們始終不承認未持有古得里斯海得的君騰，所以堅決不肯認可父王為國王。雖說在申請經費等等的時候會勉強承認，但一有機會就主張父王的王位並不正當。

然而，去年在羅潔梅茵出席的聖典檢證會上，我們卻發現中央神殿殿長雷利吉歐連最重要的聖典也只能閱覽不到一半。雷利吉歐似乎因此認為眾人都在嘲笑他沒有多少魔力，與王族的關係變得更是惡劣。不僅如此，中央神殿的神官長伊馬內利在看見羅潔梅茵能夠自行變出神具後，似乎想把她從艾倫菲斯特的神殿帶走，讓她坐上中央神殿殿長之位。因為這個緣故，中央神殿殿長雷利吉歐也看羅潔梅茵非常不順眼。先前想要借用貴族院的祭壇來舉行奉獻儀式時，他也拒絕得毫無轉圜的餘地。聽說反倒是伊馬內利為了賣人情給羅潔梅茵，認為可以把祭壇和神具借給她。

中央神殿這幫人竟然刻意挑在用午餐的時間，派人來王族齊聚的餐廳請求會面。我有種不祥的預感。

父王尋思片刻後，一臉莫可奈何地頷首。

「……知道了，就見一面吧。但不必叫他們過來，我親自過去一趟。」

「父王，中央神殿的人甚至沒有提前預約，您不必中斷用餐去與他們會面。」

王兄不悅地皺起臉龐說完，母親大人她們與近侍也紛紛表示同意。

「席格斯瓦德王子說得不錯，他們不值得君騰親自前去會面。」

「此次的會面請求也絲毫沒有考慮過我們的情況。再怎麼著急，至少也該等到用完午餐再說吧？」

「不論對象是誰，這次要說的事情都馬虎不得。席格斯瓦德，你若想繼續用餐就留下來吧。亞納索塔瓊斯，走。」

父王站起來打斷眾人的異議。被叫到的我急忙起身，王兄也慌忙站起。

「我並非想繼續用餐，只是覺得竟在午餐時間要求會面，實在不合規矩。」

對於王兄帶著不滿的辯駁，父王「……嗯」地頷首，起腳邁步。

「看來你需要多懂得變通。遇上真正緊急的情況時，誰還顧得上規矩。」

帶著各自的近侍，我們走在靜謐無聲的中央樓內。此時所有人都回到了各領的宿舍用午餐，因此建築物內除了守在四處的中央騎士團團員，不見其他人影。

「父王，母親大人她們似乎十分不滿……」

「與中央神殿的人會面時絕不能讓她們同行。太危險了。」

每當要與中央神殿的人會面，父王都不會讓女性出席。據說是因為有一次，聽到中央神殿的人拐彎抹角地說著未持有古得里斯海得的父王沒有資格當君騰，他的妻子們便不約而同勃然大怒，導致場面非常混亂。儘管我只看過那些婦人衣容華美、身姿優雅的模樣，但據傳聞所述，戴肯弗爾格出身的瑪格達莉娜大人簡直不容小覷。

「在與騎士團做好萬全的準備之前，千萬不能惹怒她們。你們都記好了。」

我們邊走邊聊，不久便抵達了中央神殿的人作為等候室使用的房間。多半是為了監視他們的行動，有中央的騎士在門外待命。通報過後，只見中央神殿殿長雷利吉歐與神官長伊馬內利正挺起胸膛，神情得意地等著我們。

「非常感謝各位移駕前來。在用餐時打擾真是失禮了，但因為這件事情最好盡快告訴各位……」

雷利吉歐臉上明明白白地流露著對王族的輕蔑。但截至目前為止，他從來不曾表現得如此露骨。他到底想說什麼？我心中警鈴大作，往他們招呼的椅子坐下。

「我想方才各位也都看到了，奉獻舞時浮現的那個魔法陣……」

「那是用來選出下任君騰的魔法陣。換言之，現在最有資格成為下任君騰的人便是蒂緹琳朵大人。」

雷利吉歐一臉得意洋洋，伴隨著誇張的動作正要開始說明，卻被伊馬內利直接打斷。伊馬內利語氣平淡地陳述事實後，雷利吉歐滿臉不高興地看向他，隨即又激動地開始滔滔不絕。

「抱歉，我想聽簡潔扼要的說明。伊馬內利神官長，麻煩你了。」

「遵命。由於王族誰也不曉得舞臺上存有那樣的魔法陣，加上各位當初跳奉獻舞時都未曾讓魔法陣發光，因而可以推斷各位並不具有成為君騰的資格。相信再過不久，亞倫斯伯罕的蒂緹琳朵大人將得到古得里斯海得，並繼位成為真正的君騰吧。」

「放肆！你們在胡說八道什麼?!」

眼看主人被並非貴族的神官如此貶抑，近侍們全露出怒容。然而，面對怒氣沖天的中央騎士，伊馬內利與雷利吉歐依然毫不畏懼，只是彎起嘴角。

「這豈是放肆，我們只是陳述事實。」

「特羅克瓦爾大人未持有古得里斯海得，能夠自稱君騰的時日恐怕不多了吧。畢竟……」

「你……」

護衛騎士洛亞里提克制不住地變出了思達普，父王立即制止。

「洛亞里提，住手。成何體統……況且若有人能夠得到古得里斯海得，這對尤根施密特來說也是一件幸事。」

「噢……那麼，倘若蒂緹琳朵大人取得了古得里斯海得，特羅克瓦爾大人便願意讓出君騰之位嗎？」

近侍們全屏住呼吸，注視著父王等待回答。父王吐了口氣後，看向中央神殿的兩人。

「嗯，無妨。」

正當所有人都望著父王，我的目光卻是投向王兄。雖然王兄平日裡溫文爾雅，但其實他對王位抱有強烈的執著。當初他會向艾格蘭緹娜求婚，也是為了王位。若不是我宣布要退出王位之爭、只當臣子，他絕對不會放棄追求艾格蘭緹娜吧。

「我對王位沒有絲毫的執著與留戀。倘若她能取得真正的古得里斯海得，我保證，屆時將心甘情願地讓出王位。」

聽見父王這麼宣告，王兄微微瞇起雙眼，深綠色的眼眸裡流露出了難以遮掩的憤怒與不快。

「但是，在她真正取得古得里斯海得之前，還請中央神殿切勿聲張。此事若是不慎傳開，只怕會引起混亂。」

若讓眾人知道蒂緹琳朵將取得古得里斯海得，或許會有人試圖阻撓，給她帶來危險。此外一旦眾人寄予厚望，但若最終她未能找到古得里斯海得，眾人也可能在失望之下對她群起而攻。尤根施密特將因為還未現蹤的古得里斯海得，再一次陷入動盪之中。父王說明了會有哪些危險，藉以提醒中央神殿的人們後，隨即起身離開。

「居然說亞倫斯伯罕的領主候補生會得到古得里斯海得，成為下任君騰，這實在太荒謬了。」

離開房間一開始移動，立刻有人大表不滿。畢竟直到剛才為止，蒂緹琳朵還是眾人批評的對象，如今竟然說她將取得古得里斯海得，實在讓人無法相信。說得準確一點，是不想相信。我也不敢相信那樣的女性，竟是下任君騰的候補人選。然而，浮現出來的魔法陣那般精深複雜，顯然對尤根施密特來說具有某種重要意義。

「若真能找到古得里斯海得，也該交給辛苦統治尤根施密特至今的王族才對。看到蒂緹琳朵今日那副模樣，對於她要成為君騰，沒有人會感到安心吧？」

王兄如此發表意見後，知道父王有多麼辛苦的資深近侍們皆同意道：「席格斯瓦德王子說得不錯。」

「……今天這件事情，會不會是斐迪南大人的陰謀？」

勞布隆托又來了。再怎麼牽強附會也該有個限度吧？我忍不住皺眉，王兄卻是興趣濃厚地要他說下去。

「勞布隆托，你是何意？」

「斐迪南大人奉王命離開艾倫菲斯特以後，便無法再操控羅潔梅茵大人。也許是因為這樣，這次他便試圖在亞倫斯伯罕操控蒂緹琳朵大人。」

「原來如此……你說得有道理。」

我一點也聽不出哪裡有道理，但不知為何，父王的近侍當中，竟有好幾個人都表示贊同。迎合騎士團長的不只騎士，也有文官和侍從。

「也許斐迪南大人本是想在羅潔梅茵大人跳奉獻舞的時候，讓她浮現魔法陣。記得艾格蘭緹娜大人先前也曾報告過，羅潔梅茵大人曾在練習跳奉獻舞時讓魔石發光。」

「所以是因為被迫去了亞倫斯伯罕，他便臨時更改計畫，改由蒂緹琳朵大人執行嗎？然而蒂緹琳朵大人因為練習時間太短，動作並不熟練，才會在舞臺上暈倒吧。倘若羅潔梅茵大人按原定計畫，接下來這三年持續練習，想必能讓魔法陣更加清楚地浮現。」

「嗯，畢竟蒂緹琳朵大人今年就畢業了，一旦錯過這個機會，斐迪南大人便再也無法接近奉獻舞的舞臺。這代表他只有這次機會吧？」

眾人的討論非常熱烈，完全沒有停止的跡象。可是，他們為何如此一面倒地接受了這是斐迪南的陰謀這個說法？還是說因為只聽取貴族院這邊傳來的報告，就會對斐迪南產生這樣的看法嗎？眾人似乎很快有了一致的結論，我卻有種揮之不去的異樣感。
「斐迪南大人一前往亞倫斯伯罕，羅潔梅茵大人造訪圖書館的次數便急遽減少，今日他的未婚妻還發動了奇妙的魔法陣，這一切實在很難視為偶然。」
「不對，羅潔梅茵會突然不再造訪圖書館，是因為王兄禁止她出入地下書庫。另外也是為了讓上級館員能順利交接成圖書館魔導具的主人，她才盡量不去供給魔力。再者她也說過，今年要忙著與大領地進行共同研究……」
然而，父王的近侍們毫不理會我說的話，繼續熱烈地討論這是斐迪南的陰謀。看著點頭聆聽的王兄，我突然覺得感到不對勁的自己好像才是最奇怪的人。
「都已讓他前往其他領地，竟然還能暗中策劃這麼多事情，不得不說斐迪南大人真是危險人物。看來，還是該對他詳加調查一番。」
聽完近侍們所發表的意見，父王有些愕然。
「你們都冷靜一點。若有人能夠得到古得里斯海得，這對尤根施密特來說也是值得高興的好消息。畢竟若想治理國家，非得有古得里斯海得不可。不管是誰都好，我由衷希望有人能取得古得里斯海得。」
父王的發言令我不寒而慄。他究竟在說什麼？怎麼可能不管是誰都好。想當初正是父王下令，要斐迪南入贅至亞倫斯伯罕。當時他還說了：「倘若取得古得里斯海得的人來自立場中立的中領地艾倫菲斯特，落敗領地勢必會集結起來推翻現狀，王位絕不可能順利完成交接。無論如何，一定要避免尤根施密特再次陷入動盪。」
……那您現在想讓尤根施密特陷入動盪嗎?!

但我並沒有將心中所想宣之於口，因為王兄先開口了。

「既然如此，先前勞布隆托懷疑斐迪南是旁系王族，可能想要獲取古得里斯海得時，您為何讓他入贅至亞倫斯伯罕？不正是因為父王也覺得他很危險嗎？」

對於王兄的疑問，父王答道：「當時我也說了，不能因為王位的交接而引發動盪。」但他接下來的話語，不只是王兄、我與近侍們，恐怕就連被迫去了亞倫斯伯罕的斐迪南也沒有想到吧。

「但如今他身在亞倫斯伯罕，情況就不一樣了吧？亞倫斯伯罕是獲勝方的大領地，與艾倫菲斯特相比，可說是無可挑剔的後盾。屆時即便要交接王位，應該也不會引起太大的混亂……我還希望他們能趁著奧伯．亞倫斯伯罕還健在時取得。因為雖說是暫代，但一旦當上奧伯，蒂緹琳朵便無法成為君騰。」

父王表示，他認為兩人最好趁著奧伯還健在時舉行星結儀式，然後再由已經入籍至亞倫斯伯罕的斐迪南，或是成功讓魔法陣浮現的蒂緹琳朵取得古得里斯海得；成為夫妻的兩人便一起治理尤根施密特，成年後的萊蒂希雅與錫爾布蘭德則負責治理亞倫斯伯罕，這是最理想的結果。

但是，這只是父王理想中的結果，並不是其他人想要的未來吧。近侍們都顯得十分困惑，王兄也一臉難以接受。

「總之現在先別想太多，前提也要他們真能找到古得里斯海得。當年王兄他們可是為此血流成河，卻怎麼找也找不到，所以想必沒那麼容易吧。」

儘管父王這麼說，但現在可是出現了如今已無半個人認得的魔法陣，中央神殿的人還聲稱蒂緹琳朵是下任君騰候補。就算再有個完全出乎預料的人冒出來，說他找到了古得里斯海得，恐怕也沒人會感到驚訝吧。

「倘若父王覺得此事並不容易，那稍後向母親大人她們說明會面的情況時，還請別坦承您有意讓出君騰之位，否則母親大人她們可會情緒失控，怒斥中央神殿的那些人太過無禮。」

王兄出聲提醒後，父王輕輕挑眉。

「……嗯，這點確實教人害怕。你們也不得洩露半個字。」

父王再轉向近侍，勾起嘴角說：「這是命令。」緊接著，他停下腳步回過頭。雖然這時已經看不見了，但方向正是中央神殿那些人此刻所在的等候室。

「況且他們的主張也未必正確。現在你們激動談論著的陰謀還只是揣測，應該先查清楚有無證據能證明。」

「的確，中央神殿連自己持有的聖典也閱覽不到一半的內容，說不定魔法陣根本不具有他們聲稱的用途。」

「可是，我們也沒有情報可做判斷……」

這時我開口提議。

「不如去問羅潔梅茵吧？從之前在貴族院舉行的奉獻儀式便能知道，她不僅是艾倫菲斯特的神殿長，也熟知各種儀式。再者我也聽說她與中央神殿的人不同，神殿長的聖典幾乎已看完全部。而且她對王族也十分配合……儘管有時態度會不夠尊重。」

只要一看到書或圖書館，羅潔梅茵的回應就會變得非常敷衍，也會直接對王族說出簡直是大不敬的忠告，但她對王族既無敵意也無惡意。父王盤起手臂，沉思半晌。
「雖不想把他領的學生牽扯進來，但我們必須馬上蒐集情報……抱歉，那就麻煩你拜託艾格蘭緹娜了。我接下來要去大禮堂。」
「大禮堂？」
「我想去看看舞臺現在的情況。也許被人動了什麼手腳，所以得檢查一番。你們的文官也借我吧。」
說完，父王便帶著自己的近侍與我們的文官，火速往大禮堂移動。
「……此刻母親大人她們正心急如焚，擔心中央神殿的人可能出言不遜，結果父王居然就這麼把說明的工作丟給我們。」
看著快步離開的父王，我與王兄繼續往方才用餐的廳室前進。
「反正拜託艾格蘭緹娜的時候也需要說明。亞納索塔瓊斯，這件事就交給你了。」
「不不不，應該由王兄向母親大人她們說明才對吧，我得護送艾格蘭緹娜回離宮。」
「這種事交給近侍們就好了吧。」
「就算是近侍，我也絕不會讓出護送艾格蘭緹娜這份工作。況且再不快點行動，艾倫菲斯特的人為了下午的畢業儀式，就要往大禮堂移動了吧。」
我們一邊邁步，一邊極力想把說明的工作推給對方。走到一半時，王兄遞來防止竊聽的魔導具。

「亞納索塔瓊斯，對於此事是斐迪南的陰謀這個說法，你有何看法？」

我與斐迪南從未說過話，所以無從評斷，但我個人認為艾倫菲斯特絲毫沒有推出下任君騰的想法。從昨天領地對抗戰上的情形來看，恐怕光是領內事務就讓他們自顧不暇，此外他們與落敗領地的關係也不好。統管眾人、治理尤根施密特這種事情，對他們來說應該毫無吸引力可言。

「那王兄覺得呢？」

「我覺得非常可疑。我原本以為，既然斐迪南很可能再次引發政變，那只要讓他入贅至亞倫斯伯罕，便無法篡奪王位……然而，如今父王竟不介意讓出王位，斐迪南還企圖發動那個魔法陣。說不定在我們不知道時，他們有過什麼秘密協議。」

領主會議期間，國王向斐迪南下達命令的那時候，只有寥寥幾人在場，我與王兄都並未出席。

「當時勞布隆托曾以護衛騎士的身分在場，也許就是因為他握有某些我們不知道的情報，才會懷疑斐迪南。」

「……方才我還覺得莫名其妙，所以這可能是因為我們擁有的情報，與父王的近侍們不一樣嗎？」

我環抱手臂陷入思考。雖說艾倫菲斯特看起來正為領內事務忙得焦頭爛額，但我並不清楚奉命去了亞倫斯伯罕的斐迪南究竟在想什麼。

「方才父王說了，首先斐迪南必須入籍至亞倫斯伯罕，但是現在都還未舉行星結儀式，斐迪南便利用蒂緹琳朵讓那個魔法陣浮現。說不定是背後有什麼隱情，也可能是在入籍至亞倫斯伯罕之前，他還有其他的行動。在他做出更危險的舉動之前，或許該考慮將他排除。」

雖然我覺得王兄有些想太多，但也沒有足夠的依據可以笑他只是自尋煩惱。現在竟然還考慮到了排除這一步，未免太過極端。

「可是讓魔法陣浮現的，以及中央神殿認為是下任君騰的人，都是蒂緹琳朵啊，並不是斐迪南。既然他本人什麼也沒有做，怎能將他排除，首先應該對他進行調查吧？」

比如調查他在亞倫斯伯罕的言行舉止，與蒂緹琳朵是如何接觸的；還有在艾倫菲斯特的人眼中，他的為人如何？他做事一向優先注重什麼？持有怎樣的觀點？真有成為君騰的野心嗎？除了詢問本人，還有很多管道能取得與他有關的情報。

「嗯，對了，我記得為了調查斐迪南，勞布隆托曾想借用某座離宮的鑰匙。當時父王認為此事已經了結，便沒有理會……看來該把鑰匙交給他，讓他前去調查嗎……」

眼看王兄的選擇從極端的「排除」，變成了較為溫和的「調查」，我不禁鬆了一口氣。

路茲視角・多莉的擔心

Kazuki Miya's commentary

時間點在第五部IV。
路茲視角。
冬天過後，積雪開始消融的初春，
路茲被叫到了奇爾博塔商會去。
由於拉爾法將在春季尾聲參加成年禮，
擔心他會認出梅茵的多莉找了眾人商量此事。

小小幕後筆記

曾有讀者問道：「故事發展至今，非常剛好地避開了薩克與奇庫的成年禮，但拉爾法的成年禮總不可能避開了吧？平民區裡沒有半個人擔心這件事嗎？」這則短篇於是浮上了腦海。

「路茲，老爺找你。你吃完午飯後去他房間一趟吧。」

「我馬上過去。」

最近終於不再成天颳著暴風雪，積雪也逐漸融化，我重新開始了往來神殿與商會的生活。前不久還在普朗坦商會學習、以後想成為商人學徒的加米爾現在也不在了。

整個冬天我都負責指導加米爾，而他想成為普朗坦商會學徒的決心似乎相當堅定，還很期待到了春天也許能去工坊參觀。看到加米爾這副模樣，老爺如釋重負地說：「看樣子，不用擔心他被奇爾博塔商會或商業公會搶走了。」

我很快吃完午飯，前往老爺的房間。老爺用完午餐後，似乎都不會稍事休息，而是馬上又在自己的房裡開始工作。他說因為等時節進入春天，到時又會忙得要命，所以要從現在開始就認真準備。

「老爺，我是路茲。聽說您找我……」

我敲門以後，是馬克先生前來開門。進到房內，只見老爺正一邊計算一邊在文件上記錄，同時說明找我有什麼事。

「路茲，你下午去一趟奇爾博塔商會。好像是多莉找了珂琳娜與歐托商量事情。雖然我能一起去最好，但現在實在抽不出時間。如果你無法處理，到時我再過去。」

「知道了，那我先去了解情況。」

說完，做好外出準備後我便離開商會。從普朗坦商會到奇爾博塔商會並不遠，我快步走在還有大量殘餘積雪的道路上。感覺今天比昨天要溫暖，但天氣還是很冷。

……不過，春天就要到了吧。

等到了春天，古騰堡的例行公事，也就是春季的移動便要開始。只不過今年古騰堡們同樣發生了不少變化，比如墨水工坊的海蒂懷了第二胎，無法前往克倫伯格；薩克則是要以新郎的身分參加今年的星祭，所以希望能指派徒弟代替他。但他徒弟的能力是否足以成為古騰堡一員，以及梅茵以外的其他貴族能否接受替代人選等等，很多事情都還需要煩惱。

……算算日子，梅茵也差不多快回神殿了吧。

吉魯說過慶春宴結束後，梅茵就會返回神殿。既然吉魯看來還很鎮定，代表梅茵還沒回來，因為只要梅茵回來了，吉魯整個人就會神采奕奕，而孤兒院因為會分到比平常要美味的餐點，灰衣神官們也都會非常期待用餐時間，一眼就能看出來。

……話說回來，不知道多莉想商量什麼事情？

現在奇爾博塔商會同樣正值午休時間，門口只站著一個人顧店。我走向對方，出聲喊道。

「萊昂，今天是你值午班啊。老爺要我過來問問有什麼事……」

「路茲，好久不見了。這我有接到指示，那你從外面上樓去吧。」

今天負責顧店的是萊昂。他從很久前就在奇爾博塔商會工作，有段時間我也經常接受他的指導。我點點頭後，從外面走階梯上樓。

……回想起來，我以前還在這裡的閣樓借住過。

雖然心生懷念，但我完全不會想再上去看看。因為如今我以都帕里學徒的身分住在普朗坦商會二樓，老實說就連回老家時，光是幫忙搬水得上下六樓都讓我痛苦得要命。

到了珂琳娜夫人居住的二樓後，我敲了敲門向下人女性表明來意。接著我脫下厚重外衣，進到屋內，發現用完午餐、正在休息的奇爾博塔商會都帕里們全往自己看來。看見自己以前也穿過的學徒制服，我不禁倍感懷念，再看向身上普朗坦商會的學徒制服，又感受到了時光的飛逝。

「午安，班諾老爺要我過來一趟，聽說是有事情要商量……」

「路茲，班諾呢？」

「他工作正忙，要我先來問問是什麼事。」

「是嗎……本來也想聽聽班諾的意見，那就沒辦法了。」

歐托老爺語氣輕快地說完，和一臉遺憾的多莉一起站起來。

「其實我是覺得不用太擔心，但多莉還是為此心神不寧。那我們到那邊的房間去討論吧，在這裡不太方便。」

單憑這一句話，我馬上明白了要商量的事情與梅茵有關。而且不是她成為羅潔梅茵大人以後的事，而是與她還是平民時的事有關。我應該更早注意到的，因為明明是找老爺商量事情，老爺卻沒有指定其他都帕里，而是平常要去神殿的我。

移動到另一個房間後，歐托老爺招呼我坐下。我以客人身分坐下後，多莉便端了三杯茶過來。放下茶杯的手線條柔和優美，明顯屬於女性，同時我發現不知不覺間，自己的手已經比多莉的手還要大了。

不像我偶爾還會帶著孤兒們去森林，多莉平常都在屋裡工作，皮膚變得十分白皙。但和我一樣的是，我們把家事都交給下人打理，所以雙手不像以前那樣粗糙。現在她走路時還會飄出絲髮精的香氣，完全看不出是貧民出身。

加上之前我與多莉見面，通常都是在回老家的時候，服裝與遣詞用字會刻意去融入貧民區，所以才都沒有發現吧。但這時在店裡頭看到多莉，她不僅言行舉止徹底褪去了從前有過的生澀，待在這裡工作也沒有半點突兀的感覺。她常說等到自己成年，也要能跟著一起去城堡，此刻的我完全相信。

……我也好想快點長大。

偏偏年紀絕不可能有追上多莉的一天，這點讓我很不甘心。這麼心想的我緊盯著多莉瞧，只見她露出了有些傷腦筋的表情。

「路茲，怎麼了嗎？你一直盯著我看，讓人很不自在呢……」

「不、沒什麼，我只是在想，妳現在的動作真的很自然優雅。」

「是、是嗎？」

多莉有些難為情地說著，在我旁邊坐下來。這時，我發現歐托老爺不知為何笑嘻嘻的，發生了什麼讓他開心的事情嗎？

「言歸正傳。多莉，妳在擔心什麼事情？肯定跟梅茵有關吧？」

「嗯，是啊。冬季期間我不是回家了嗎？我還跟媽媽一起做了正裝，也決定髮飾要自己製作，然後就在做髮飾的時候，提到了成年禮這個話題。我們討論了我應該從家裡出發，還是從奇爾博塔商會出發……」

多莉即將在夏季尾聲成年。她說冬季期間，她與伊娃阿姨使出了渾身解數縫製成年禮的正裝，也配合正裝設計好了髮飾的款式。而且今年因為沒有梅茵突然丟來王族的緊急委託，她多出了很多空閒時間。

……之前多莉還說：「今年冬天沒有羅潔梅茵大人的臨時委託，我居然覺得有點空虛呢。」我聽到時可是大吃一驚。

「那時候我才想到，拉爾法春天尾聲也要參加成年禮吧？所以我突然很擔心他看到神殿長以後，會不會認出梅茵來……」

從前梅茵極少外出，就連左鄰右舍也很少有人清楚地記得她。但是，拉爾法與多莉的交情很好，每次梅茵想出了什麼新奇料理，也都會來我家請哥哥們幫忙製作，所以相比起其他人有更多的往來。

「雖然我已經跟她說了，我認為這不用擔心。」

歐托老爺用輕快的語氣說著，看向多莉。多莉沉默了一會兒後，還是小聲反駁。

「可是……萬一被發現就糟了吧？」

「被發現的話當然不妙……但應該不太可能吧。因為如果是受洗前後那段時間，每個月又只見過幾次面，一般人根本不會記得對方的長相。你們不也是嗎？」

歐托老爺輕輕地聳肩。聽到他問我們會不會記得所有在受洗前後認識的人，我思索起來。

……答案是會。

因為我們的活動範圍太狹小了。受洗前認識的人都是鄰居，可以說從小一起生活到大。然後等參加過洗禮儀式，開始當學徒了，雖然人際關係會往外擴張，但通常也不可能擴展到這個城市以外去。像古騰堡們這樣會從一個城鎮換到另一個城鎮工作的情況，其實完完全全屬於特例。

……也因為這個緣故，約翰直到現在都沒能找到更多的贊助者。

因為客人一般是在春天到秋天這段時間上門，這麼長時間約翰卻都不在，很難得到贊助者的支持。時至今日，大家甚至普遍認為古騰堡這個稱號就是指「羅潔梅茵大人的專屬團隊」。雖然梅茵給的酬勞很優渥，成為領主養女的專屬以後，對於工坊也有很大的宣傳效果，但對於必須注重人際往來的工匠來說，連年長期在外工作也有其伴隨而來的缺點。

「但我記得喔。像是受洗後進入工坊認識的那些人，我到現在都還記得，路上遇到了也認得出來。」

多莉這些話讓我心頭一驚，連忙表示贊同，把古騰堡的事情趕出腦海。因為平民區裡的人都是在親友的介紹下找工作，又是在平常能接觸到的人當中尋找結婚對象，所以交友範圍就和活動範圍一樣狹小，不會因為長大了就忘記對方。

「歐托老爺因為以前是旅行商人，才會不記得小時候沒什麼往來的人吧。但我們因為平常活動範圍很小，接觸過的人基本上都認得。」

「……原來如此。但如果是在自己受洗前後就過世的鄰居，你們能到現在還清楚記得對方的長相嗎？」

被歐托老爺這麼一問，我試著回想生活周遭過世的人們。雖然也有的人臉孔變得比較模糊了，但不會有完全想不起來的人。

「過世的大多是老人，雖然也有幾個小孩子，但不會有我完全想不起長相的人。」

「可是在你的記憶當中，他們的容貌或體態都是在世時的樣子吧？要是有人與已經過世的人長得十分相像，但外表比記憶中的模樣要大，你們會認為是同一個人嗎？又或者自己都已經成年了，對方卻完全沒有長大，一般也不會聯想到是那個人還活著吧？頂多只會覺得有個人跟自己認識的人長得很像。」

梅茵本就瘦小，再加上後來還睡了兩年，外表看起來根本不滿十歲。不只現在的模樣和生前不一樣，以她原本的身分如果還活著，也應該快要成年了。拉爾法不像我們知道她還活著，又一直看著她成長，確實不太可能認出神殿長就是梅茵。

「況且那時候的梅茵與羅潔梅茵大人相比，服裝與言行舉止也截然不同。等他再親眼看到一直以來只有耳聞的祝福後，更不會聯想到是同一個人吧？」

我也曾在哈爾登查爾與葛雷修親眼目睹梅茵給予祝福的場面，看起來確實就像另一個人。雖然給完祝福後露出得意笑容的那一瞬間，原本神秘莫測的嬌小神殿長就又變回了當初那個梅茵。

「但萬一他亂說話，說什麼領主的養女與某個貧民是同一個人，很可能會構成不敬之罪。所以不如從一開始就提醒他，說神殿長跟梅茵長得很像，可能會讓他嚇一跳，但千萬不能大驚小怪。」

「路茲，那你能提醒拉爾法一聲嗎？」

多莉一臉憂心忡忡地說。只要是與梅茵有關的事情，多莉老是過度反應。雖然不是不能理解她的心情，但是自從兩家父母開始具體談論我與多莉的婚事，每次回到老家，拉爾法都會纏著我說些有的沒的，讓人提不起勁。

「會讓羅潔梅茵大人為難的事情一定要極力避免才行。」

多莉表情嚴肅至極地直視我說道。就連平常已經看慣貴族與富豪千金的我，也覺得多莉現在真的變得很漂亮。冬季期間為了縫製成年禮的正裝，多莉回到老家過冬，也難怪偶爾見到她的拉爾法會目瞪口呆，一時停止呼吸吧。

……明明拉爾法至今已經和好幾個女孩子交往過了，現在也有戀人，但在他心裡，多莉依然是特別的存在吧。

就算身分不一樣了，無法頻繁地見面並且隨意攀談，依然是特別的存在。想到梅茵對自己來說也是這樣的存在，就覺得我們兄弟倆也太過相像，心情非常鬱悶，竟然偏偏像到這種奇怪的地方。而且看到拉爾法一直纏著我說些莫名其妙的話，奇庫還安慰我說：「男人都是這樣。」可能他也有過相同的經歷吧。

「那我下次回家再跟拉爾法說說看。因為他參加成年禮的時候，我人已經在克倫伯格了。我也不希望我不在的時候出什麼問題，會盡量幫忙解決。」

「路茲，謝謝你。那就麻煩你了。」

……為了不讓梅茵為難，這也沒辦法，只能回去面對難纏的拉爾法了。

我嘆口氣站起來後，發現歐托老爺神色複雜地看著我們。

「我說啊，你們兩人還真像。」

「咦？」

「你們兩個都太過喜歡羅潔梅茵大人了吧？」

確實，我們交談的時候常常三句話不離梅茵。比如梅茵訂了什麼髮飾、工坊現在在印怎樣的書籍、聽說她喜歡哪一種書等等……但是，在場歐托老爺最沒有資格這麼說。

我與多莉對看一眼。她臉上也露出了不能苟同的表情，顯然我們心裡都有一樣的想法。我聳聳肩後，多莉則是用力點頭，緊接著我們一起轉向歐托老爺。

「絕沒有像歐托老爺喜歡珂琳娜夫人那麼誇張喔。」

我與多莉的話聲完美重疊。

羅潔梅茵視角・與拉塞法姆的對話

原本只刊登在網路上的特別短篇。
時間點在第五部 IV〈克拉麗莎的處置〉之後。
羅潔梅茵視角。
內容為與拉塞法姆的對話。
拉塞法姆是負責管理圖書館的下級侍從，
由於主人斐迪南去了亞倫斯伯罕後得不到相關消息，
便向羅潔梅茵問起他的近況。

小小幕後筆記

連載期間因為沒有時間再為這則短篇補充更多內容，加上與本傳沒什麼關係，便放到了網路上。

「羅潔梅茵大人，抱歉冒昧打擾。我有事想請教您，方便占用您些許時間嗎？」

「可以啊，什麼事呢？」

與克拉麗莎的談話結束後，我正準備要返回神殿，聽到拉塞法姆的叫喚便停下腳步回過頭。

拉塞法姆是斐迪南的侍從，偏黑的深綠色頭髮有些自然捲，整個往後梳平，綠色雙眼則泛著溫文的笑意。每次看到穿戴整齊的拉塞法姆在服侍斐迪南，我都彷彿看見了年輕版的馬克。由於他的氣質和談吐與馬克十分相似，我便逕自對他產生了親切感。

「方才我聽見斐迪南大人正在亞倫斯伯罕舉行儀式，所以想要多了解一些。」

「這麼著急嗎？啊，我不是不想告訴你，而是如果拉塞法姆是在擔心之前的主人，你現在的表情未免太過急切，我只是感到奇怪。」

拉塞法姆遲疑了一會兒後，遞來防止竊聽的魔導具。等我握住魔導具，拉塞法姆便在意著旁人的目光掩住嘴巴，說：「因為我是已向斐迪南大人獻名的下級侍從。」

他說斐迪南是因為他沒有戰鬥能力能保護自己，不能一起帶去亞倫斯伯罕，才把他留在這裡。與此同時，也把同等重要，但不能帶去亞倫斯伯罕的宅邸與私人物品交給他整理和保管。

……那難怪會擔心吧。

「斐迪南大人說過，等他在亞倫斯伯罕一切都安頓好了，便會叫我過去。但由於我平常負責管理這幢宅邸，根本打探不到有關斐迪南大人的消息。若您有任何關於他的消息，還望可以告訴我。」

聞言，我從自己知道的消息中，把公開也沒關係的事情告訴拉塞法姆。像是斐迪南將要在亞倫斯伯罕舉行祈福儀式，而齊爾維斯特正為此準備進行抗議；還有斐迪南因為現在只能睡在客房，無法進行研究，對此十分不滿；以及他還是老樣子成天埋頭處理公務，三餐與睡眠時間都很不規律等等。

「星結儀式尚未舉行，斐迪南大人就被要求舉行祈福儀式嗎?!」

「是啊，很過分吧？所以奧伯說了，他會在領主會議上表達抗議……但非常諷刺的是，趁著祈福儀式斐迪南大人也能稍微擺脫公務，說不定可以放鬆一下呢。」

以前在艾倫菲斯特的時候，斐迪南也會趁著祈福儀式與收穫祭要前往領內各地，順便採集原料。到了亞倫斯伯罕，想必也會趁這機會大肆採集。

「而且有尤修塔斯在，斐迪南大人肯定會很期待前往領內各地。可是，絕不能讓人以為這種情形在艾倫菲斯特是常態。萬一將來有人去了他領以後也遭到一樣的對待，那就不好了吧？」

我說完後，拉塞法姆露出了五味雜陳的笑容。

「羅潔梅茵大人似乎認為這是斐迪南大人能喘口氣的機會呢……但是就我所知，自從斐迪南大人進入神殿，他的神情開始變得比較柔和，其實是在您進入神殿以後。」

聽到拉塞法姆這麼說，我想起了認識初期的斐迪南。那時他的頂頭上司還是前任神殿長，一個人要負責本該由好幾個人一起分擔的工作，每天都在不停地喝藥。

「從前不僅魔力不足，處理公務的人手也不足，斐迪南大人看起來真的很勞累呢。記得我第一次參加奉獻儀式時，有我一起奉獻魔力，他還顯得如釋重負。」

「雖然無從得知亞倫斯伯罕舉行儀式時的情況，但想必不比在艾倫菲斯特，行事會處處受到限制吧？斐迪南大人又習慣不表達情緒與想法，實在教人擔心。」

斐迪南確實是在排除了前任神殿長以後，才開始能在神殿裡過得自由自在。但到了他領的神殿，還要舉行儀式，可能就無法那麼隨心所欲了。不過，斐迪南和我不同，天生就是貴族，所以不至於在亞倫斯伯罕的近侍面前做出失儀的舉動吧。

「如果能見到本人，就可以知道斐迪南大人有沒有在逞強呢。但現在連寫信都得經過檢查，所以只能寫些無關緊要的事情，確實會讓人感到擔心。」

我本來還以為斐迪南可以趁這機會擺脫公務，稍微放鬆休息一下，但聽拉塞法姆這麼一說，立刻擔心起來。

「要是斐迪南大人能在祈福儀式途中寫封信來就好了……但大概不可能吧。」

斐迪南忙碌到通常我寄了三封信以後，他才會回一封來。而且之前他在信裡說過，祈福儀式期間還要順便指導萊蒂希雅。回想自己以前接受過的指導，他肯定會忙得分身乏術吧。

「不過，等星結儀式過後，斐迪南大人就可以有秘密房間，身分也不再是客人，多少可以比較放心了吧……希望斐迪南大人很快會把拉塞法姆叫過去。」

「是的，我也引頸期盼著那一天。」

拉塞法姆露出欣喜的笑容。斐迪南說好會叫他過去的約定，莫名讓我感到羨慕。

……但斐迪南大人要是叫我過去，我大概只會很困擾吧。

我的家人都在這裡，所以我當然得留在艾倫菲斯特，只不過，心裡還是有些羨慕拉塞法姆。

「拉塞法姆，那等我下次又收到書信，有了斐迪南大人的消息，我再告訴你吧。所以，你也要把你知道的有關斐迪南大人的事情告訴我喔……對了，比如斐迪南大人在貴族院的失敗經驗怎麼樣？」

我輕笑起來說：「趁他不在這裡，請你偷偷告訴我吧。」對此，拉塞法姆露出了遙想從前的懷念表情。

「斐迪南大人從未有過失敗的經驗，因為他總是兢兢業業，不讓自己犯下任何的疏失……但如果是他趁著其他學生不在，在貴族院裡自由活動時都在做哪些事情，我倒是可以與您稍做分享。」

「好期待呢。」

結束了與拉塞法姆的對話後，我起身離開圖書館。

伊娃視角・孩子們的成長

Kazuki Miya's commentary

原本只刊登在網路上的特別短篇。
時間點在第五部 IV。伊娃視角。
多莉與路茲一反常態地突然返家，
表示關於伊娃的工作有話想說。
隨後伊娃得知自己將能一同前往神殿，
加米爾則是未能前往神殿參觀。
感覺加米爾好快就長大了。

小小幕後筆記

這則短篇的時間線與下一篇多莉視角的特典短篇非常接近。這篇主要是描寫伊娃獲准前往神殿時的情景。

「媽媽、加米爾，我回來了。」
「打擾了。」
就在春天的洗禮儀式即將到來的某天傍晚，多莉與路茲突然回來了。這時的我和加米爾正在準備晚飯，兩個人一起瞪大眼睛。
「路茲今天也想在我們家吃飯，可以嗎？」
「當然可以啊。但你們之前不是說過，冬天過後工作會非常忙碌，幾乎沒有時間回來嗎？發生了什麼事情嗎？」
冬天一過，為了迎接即將湧入城裡的大量商人，奇爾博塔商會與普朗坦商會都忙得不可開交。甚至從春天尾聲到秋季中旬這段時間，除非有什麼緊急要事，否則兩個人也沒有空回家。明明多莉之前才說「這一年我也要繼續加油」，現在卻突然跑回來，肯定是出了什麼事。
「是有工作上的事情要跟媽媽說……爸爸呢？」
「他今天值午班，應該也快回來了。」
「那等爸爸回來，我們再一起詳細說明吧，因為同樣的事講好幾遍也太麻煩了嘛。路茲，你說對吧？」
多莉回頭看向路茲，露出神秘兮兮的笑容說道。與此同時她動作俐落地圍上圍裙，顯然是要幫忙準備晚飯。
「因為昆特叔叔一定會反覆問好幾遍啊，還是等人都到齊了再說吧。」
路茲點頭附和後，便先回家一趟，說要告訴卡蘿拉他今晚會在家裡過夜。

「多莉，妳回來的時候有未婚夫路茲作伴，我就放心多了呢。」

多莉在這一帶最是出人頭地，是我引以為傲的女兒。她要是獨自一人在外走動，難保不會被有心人盯上。

「……媽媽，妳這麼說，代表我和路茲的婚事確定了吧？」

多莉邊洗蔬菜邊問道，話聲像是感到不安地顫抖著。

「是啊。雖然路茲比妳小一歲，但他說過自己有充足的結婚資金，也很了解我們家的情況，每次妳回來也都能陪著妳，再考慮到兩家人的交情，沒有比他更合適的人選了吧？」

多莉今年夏天就成年了，得慎重地為她找個結婚對象。然而做事認真勤快的多莉，是現在名氣最為響亮的奇爾博塔商會的都帕里學徒。不管是在貧民居多的這一帶，還是在她職場所在的區域，都很難找到結婚對象。

老實說，想來想去也就只有路茲這個人選了。因為在普朗坦商會當都帕里學徒的路茲，同樣很難找到結婚對象。這陣子我們兩家的父母談過以後，決定將來就讓多莉與路茲結婚。

「至於結婚的話，就算路茲成年了，你們還是可以預留一段兩人都能接受的準備時間，全看你們的工作情況。」

因為路茲每年春天到秋天都要前往遙遠的外地，而且在有很多他領商人來訪的這段時間，多莉也會非常忙碌。我認為等到兩人都成年了，也都經歷過了工作上會面臨的轉變，之後再結婚比較好。

「……但現在就跟我說成年還有結婚這些事情，我一點真實感都沒有呢。」

「等妳的髮型改變，工作內容也和學徒時期不一樣，還要布置新家準備結婚，到了星祭結束的時候，應該多少就會有真實感了喔。」

我這麼說完後，多莉只是一副意興闌珊的樣子，隨口敷衍道：「……嗯。」看著她的側臉，我「哎呀？」地眨眨眼睛。

「多莉，難道妳有喜歡的人了？」

「啊，那個……說得準確點，是曾經有過吧？但對方根本不會把我列入考慮。」

雖然嘴上說著對方不會把自己列入考慮，但要徹底死心還是不容易吧。看著多莉難過的笑容，我心裡感到過意不去。如今多莉甚至成了領主養女的專屬，自身的條件可以說是無可挑剔，但終歸是家世不好。

「多莉，妳各方面都很優秀，還是我們引以為傲的女兒。如果對方是妳在工作上認識的人，那是我們家高攀不上人家。」

「我不是這個意思，而是對方已經有喜歡的人了……嗯，但的確不管怎麼想，我們都不可能結婚，因為身分和地位完全不匹配，我也無法想像結婚後的生活。」

多莉露出完全看開了的表情說道，同時往我看來。

「反正婚事都是由父親作主，路茲又是我認識很久的人，所以我沒有不滿喔。」

長久以來，多莉一心都只想著要為梅茵製作髮飾，似乎也沒怎麼想過結婚這回事。

儘管外表已經是到了適婚年齡的大姑娘，但表情透露出來的，卻只有對於成年以及結婚的迷惘。

……那我自己那時候呢？

我回想了自己還未成年的時候。當時昆特頻頻地跑來我們家向我求婚，惹得父親愁眉苦臉，最後居然撒手不管，要我自己決定。

……整個人確實只有迷茫呢。

想起了自己在多莉這個年紀時的情況，我忍不住輕笑起來。就在這時候，昆特回來了，還帶著似乎是在路上遇到的路茲。曾經我完全想像不出自己迎接昆特回家的光景，但現在和他一起生的女兒居然都要成年了。

「多莉，爸爸剛開始求婚的時候，我對結婚也一點真實感都沒有喔，甚至沒有想過我們真的會結婚呢。」

「……爸爸要是聽到了一定會哭喔。」

「那妳可要幫我保密。」

「那麼，是什麼工作上的事情要告訴伊娃？」

開始吃晚飯後，昆特直接開門見山。多莉與路茲先是對看一眼，發出輕笑聲。

「前陣子我們被叫去神殿討論事情，奇爾博塔商會還接到指示說，為了訂做羅潔梅茵大人的新衣與髮飾，等春天的洗禮儀式結束後要去神殿一趟。」

多莉向我們描述了當天她見到的梅茵。說她突然長高不少，看起來比較成熟了。

「之前西門那邊發生了一些事情，昆特才跟我說過他見到了羅潔梅茵大人呢。聽說她現在看起來已經是可以嫁人的年紀了吧？」

「咦？看起來也就十歲左右，而且還是比一般人矮，不至於可以嫁人了吧。」

「頂多現在看到她穿著小腿長度的裙子，不會再覺得奇怪了吧？」

聽完多莉與路茲的反駁，顯然昆特向我報告時誇大了許多。

「以前她看起來一直都像個剛受洗的孩子，但現在可是小腿長度的裙子穿在她身上也不覺得奇怪了喔。那說她看起來可以嫁人了也沒什麼不對吧？」

昆特嘴硬地堅持自己的說法。但看來有關梅茵現在的外表，還是多莉與路茲的形容比較可信，因為昆特只要說起梅茵總會誇大好幾倍。

「那就當作在爸爸眼裡已經可以嫁人了，結束這個話題吧。總之，因為羅潔梅茵大人長高了不少，珂琳娜夫人認為服裝用布最好也改變一下風格，所以想讓身為文藝復興的媽媽到時候也一起去。後來神殿也同意了，所以後天想請媽媽一起去神殿。」

「咦?!」

意想不到的消息讓我雙眼圓睜。因為雖說得到了文藝復興的稱號，但平民工匠還是無法輕易見到領主的養女。現在我都只能透過一年會在哈塞見兩次面的昆特，還有負責製作髮飾的多莉以及路茲得知梅茵的近況，自己則是已經好長時間沒有見到她，也沒能聽到她的聲音。

……我可以見到梅茵了嗎？

「因為考慮到言行舉止與儀態，平民工匠是不能出入城堡的，但如果是神殿的話，他們就可以睜一隻眼、閉一隻眼……不過，討論的時候還是得由奇爾博塔商會的人在中間傳話，不能直接交談。」

她說我當天只能站在一段距離外看著梅茵，免得守在她身邊的貴族近侍們對此有什麼微詞。但就算要遵守這些規定，隔了這麼久又能親眼看看長大了的梅茵，我還是忍不住感到激動。

「伊娃，這真是太好了。」

昆特高興得像是自己要出席一樣。因為只有他一個人能一年見到梅茵兩次，還能在近距離下說說話，我知道他始終感到過意不去。

「多莉，記得幫我跟珂琳娜夫人說聲謝謝。」

「那當然。當天要穿正裝來喔，還有，這是給媽媽的絲髮精。」

那麼明天到了工坊，得向工坊長請假才行。只要告訴他，我得以文藝復興的身分去趟神殿，相信他會二話不說答應吧。另外還要檢查一下正裝，用絲髮精洗頭髮。去神殿前有不少準備工作要做。

我正心想著得做好哪些準備時，看見路茲向加米爾招手。

「加米爾，我也有消息要告訴你。」

「什麼事？」

加米爾那雙淡褐色眼睛立即發亮，跑向路茲。那副模樣像極了梅茵，我內心既欣慰又落寞地看著兩人。

「這次沒辦法去工坊參觀了，因為神殿那邊不允許。」

「為什麼！虧我還那麼期待！」

加米爾厲聲大叫。

「他們說是因為還未受洗的孩童不能進入神殿，而且從今年春天開始，在神殿裡出入的貴族將會變多，所以要讓普朗坦商會盡量遠離危險。」

路茲面露難色，搖了搖頭說道。雖然我也不忍看到加米爾一臉不甘地低著頭，但真要說的話，其實我鬆了口氣。

因為聽到現在出入神殿的貴族變多了，總讓我想起那年春天，就是因為外地的貴族闖進神殿，才害得我們猝不及防地失去梅茵。加米爾已經宣告過，他以後想和梅茵一樣做書，我們雖然不會破壞他的夢想，但身為父母還是希望他離貴族越遠越好。

「戴爾克和康拉德都說了他們會等我，那我……」

「加米爾，停。不准再向路茲抱怨。為了讓你去工坊參觀，路茲已經盡力了。而且貴族也清楚說明了他們禁止的理由，如果你還是無法接受，最好趁這時候就放棄進入普朗坦商會吧。」

多莉開口制止後，加米爾抿緊了唇不發一語。路茲摸了摸他的頭道歉。

「抱歉啊，因為我們平常幫了孤兒院很多的忙，還以為如果是加米爾的話，神殿那邊也許願意通融。一開始提議的時候，也覺得好像有機會。不過，這件事就連神殿長也不同意，所以可能真的很危險吧。她不是還給了我們護身符嗎？」

儘管梅茵就任成了神殿長，但神殿裡頭還是有神官知道她是平民出身，她也只是以領主養女的身分當個名義上的神殿長，不可能什麼事都她說了算。多莉和路茲說完，昆特也點點頭。

「為了保護平民，不讓我們被霸道的貴族欺負，羅潔梅茵大人總是費盡苦心。之前有他領的貴族在西門鬧事時，她也是馬上就派了自己的騎士前來。既然她已經判定這樣才能遠離危險，你最好還是別去吧。」

昆特順勢說起了他在西門見到梅茵的經過。我和加米爾已經聽過好幾遍了，但多莉和路茲都是第一次聽，所以聽得津津有味。西門有人鬧事的時候，兩人似乎正在神殿裡參與商人和貴族的談話，所以親眼看到了梅茵一聲令下後，騎士們便往外飛奔。

「當時她臉上的表情，完全就是習慣下命令的貴族。」

「而且非常迅速果決，讓人嚇了一跳對吧？」

「每次貴族大人間出了什麼事情，趕到大門來的都是達穆爾大人，所以現在一看到他，士兵們都很放心。」

昆特這麼回道，開心地聽著兩人的描述。只見加米爾無聊地噘著嘴巴，回到自己的位置上，然後擺動雙腳，瞪著我鼓起臉頰。

「不公平，只有媽媽可以去神殿，我卻不能去……我最討厭神殿長了。」

期待換來了失望後，加米爾一個人鬧起脾氣來。雖然對加米爾很過意不去，但相隔許久又能在近距離下見到梅茵，我心裡可是期待得不得了。

「你再說這種話，以後搞不好就拿不到新書了喔。因為家裡的這些書，全是神殿出於好意送來的呢。」

然後到了當天。與奇爾博塔商會一行人一起進入神殿後，我照著事前吩咐過的，待在稍遠的地方注視梅茵。

和大家說的一樣，梅茵長高了許多。不僅如此，好像就連容貌也變了，孩童特有的天真稚氣褪去不少，五官變得比較成熟。以前梅茵因為身體不太健康，總是臥病在床，臉蛋也跟著削瘦蒼白，但現在的她卻是臉頰圓潤，看起來氣色很好。再加上精心養護下充滿光澤的頭髮、精緻華美的衣裳、多莉所做的最高等級髮飾、在髮飾旁晃動著的美麗魔石飾品，還有與這些事物毫不牴觸、符合其貴族身分的儀態，任誰也想像不出梅茵其實是我與昆特的孩子吧。

……不過，還是有些地方仍和以前一樣。

「羅潔梅茵大人的五官好像也比較成熟了呢。您希望夏天的髮飾做成怎樣的造型呢？想使用哪一種花朵？」

「我的喜好還是沒變，所以請依我現在的模樣，挑選適合的花朵吧。可以的話，我還想與布料的花色做搭配。」

就算多莉所做的髮飾遠比以前華麗，但不論是別上髮飾後開心的笑臉，還是兩人一起討論著新髮飾的光景，都讓我彷彿看見了從前的兩人。也因為梅茵的嗓音沒什麼變，更讓我有這種錯覺吧。與幾近成年的多莉站在一起時，梅茵看起來就像小了多莉五、六歲。雖然外表的年紀差距比以前要大，但是在我眼裡，兩人仍是感情深厚的姊妹。

而且感覺得出來，梅茵一直在意著我的一舉一動，這讓我有些難為情。同時我也目不轉睛地觀察梅茵，思考著適合她的花紋與顏色。為梅茵染製最適合她的布料，是我現在唯一能做的事。

……如果想趕上夏季服裝的製作，接下來可有得忙呢。

多莉視角・婚約的二三事

第五部Ⅳ的特典短篇。
時間點在第五部Ⅳ出發去克倫伯格之前。多莉視角。
內容除了平民的婚姻觀，
還有既不適用貧民也不適用商人，
情況特殊的多莉與路茲的婚姻觀。
描寫了在出發去克倫伯格之前，
路茲與多莉急忙訂下婚約的情況，
還有平民訂婚時的情景。兩家人難得全員到齊。

小小幕後筆記

這則短篇的誕生，是因為許多讀者都表示想要知道路茲與多莉訂婚的經過。另外也有不少讀者想知道平民訂婚時的情況，便試著詳細描寫了一遍。

「休息時間到了，都先停下來休息吧。」

「嗚……我就差一點點了……」

「不行不行，多莉的一點點根本不能相信。」

都帕里古妮拉苦笑著出聲制止後，我只好輕輕放下進入收尾階段的髮飾，走去休息室。因為工作室裡放著各種工作用具與高級布料等東西，不能把食物帶進來。

「虧我還想一鼓作氣完成呢……」

「都帕里不先停下來休息，都盧亞哪敢休息嘛。多莉，妳就快成年了，不能再滿腦子都是髮飾，也該懂得為工坊整體的未來著想喔。」

聽著前輩的訓斥，我順從地回道：「是。」的確，大家總說我老是只想到自己是羅潔梅茵大人的專屬髮飾工藝師，做事想得不夠全面。

古妮拉剛打開休息室的門，我就聽見有人這麼抱怨：「真討厭，實在沒完沒了耶。」我轉頭一看，發現是都帕里莉歐妮。不久前她才出席冬季的成年禮，還請了三天假回老家陪伴家人。

「莉歐妮，妳心情很差喔。回家發生什麼事了嗎？」

「我明明還不想結婚，爸爸卻一直把他認識的人叫到家裡來。所有人來拜訪時還都帶著自己的兒子，結果整整三天我都待在家裡陪笑臉，根本沒有自己的自由時間。早知道會這樣我就不回家了。」

「但至少肯讓妳自己選擇，妳父親算不錯了吧。哪像我是從一開始就決定好了。」

「要是真的對我不錯，就不會向女兒戀人的老家施加壓力，還要手段讓他跟其他女人訂婚，逼得我們分手了！」

「也是，如果不是自己能滿意的對象，很多父親都會使出這種手段呢。我那時候也是這樣。」

已婚女性們嘰嘰喳喳地說起自己當年的情況。看來大家在結婚對象確定好之前，都曾發生過不少事情。

「多莉，妳夏天也要成年了，家裡人應該開始提到訂婚的事了吧？」

「父母和我聊天時確實老是在說這件事，過冬期間也問了我不少問題。」

我與莉歐妮都到了「適婚年齡」。現在回到老家，我也開始會被問起這方面的問題，所以點頭對莉歐妮說的話表示贊同。若想在成年後過了兩、三年就結婚，得在成年前後找到對象才行。

「多莉，父母介紹了哪間商會的兒子給妳？妳父親會尊重妳的選擇嗎？還是不管妳的想法，總之妳只能答應？」

……竟然問我是哪間商會的兒子還是都帕里……

每當聊起這個話題，總會讓我意識到日常生活中很少意識到的身分差距。父母親能介紹給我的對象，都是服飾業的工匠或士兵，既不可能介紹某間商會的兒子給我，也不會想著要靠聯姻來加深兩家人的交情。但我沒有具體說明，只是含糊地笑了笑。

「我爸爸大概會尊重我的選擇吧。但是，也不知道結果能不能如自己所願……老實說，我現在根本不想考慮結婚。」

「對吧？我爸總是把自己的店擺在第一順位……不過，真神奇，多莉看起來就像是會乖乖聽從父母決定的婚事，沒想到妳的想法居然跟我一樣。」

莉歐妮雙眼發亮，高興地說她找到了同伴。但我想我們兩人感到不滿的事情，可能從根本上就不一樣。看著與莉歐妮手牽手的我，古妮拉一臉擔心地開口說了。

「我明白妳們還不想考慮結婚的心情，但多莉還是早點訂婚比較好吧？前陣子不是有奇怪的男人來追求妳嗎？老爺也很擔心喔。」

我因為是羅潔梅茵大人的專屬髮飾工藝師，又出身貧民區，所以曾有人擺出高高在上的姿態向我求婚。我跑去找歐托老爺商量後，雖然他幫我趕跑了對方，但隨著我即將成年，這樣的怪人也越來越多。

「既然多莉已經有路茲這個戀人了，你們兩人直接訂婚不就好了嗎？」

「咦咦？但路茲年紀比她小吧？當結婚對象適合嗎？」

「婚姻大事都是由父母決定的，就算多莉想要說服父母，我看兩人也很難有結果吧。」

大家七嘴八舌起來，而我只是帶著模稜兩可的笑容默默聆聽。雖然我與路茲並非戀人，但兩家父母在討論時，我們都是彼此最有可能的結婚對象人選。其實我喜歡的是班諾先生，但也在明白自己心意的同時失戀了。反正不管我肯定還是否定，都有可能招來奇怪的誤解，所以我一句話也不敢說，只是靜靜等著休息時間結束。

儘管大家都說我到了適婚年齡，我也不想考慮結婚，但冬季期間兩家父母討論過後，敲定了我與路茲的婚事。由於奉命要去神殿的孤兒院長室為羅潔梅茵大人測量尺寸，母親也獲准同行，就在我回家傳達這項消息的時候，得知了父母的決定。

路茲似乎也從父母那裡聽說了。在從家裡回商會的半路上，他一臉擔心地問我。

「多莉，雖說父母他們已經決定好了，但妳真的無所謂嗎？我媽還說因為我們平常太少回家，等下次回家的時候，就會聚集兩家的人，正式訂下婚約。」

路茲會在半路上才跟我討論這件事，是因為剛才在家裡，他問不出口吧。之前我自己都還沒有察覺，路茲就先發現了我喜歡班諾先生。那之後我還向他報告自己失戀了，他也聽我傾訴了不少煩惱。所以這次聽到要訂婚，他肯定在為我擔心。

……路茲的心情也很複雜吧，畢竟他知道我喜歡的人是誰。

「我早就猜到會變成這樣了。你看，我之前不是沒有待在店裡，而是回家裡過冬嗎？」

因為我聽說冬季期間羅潔梅茵大人不會回神殿，而且也要為自己的成年禮做準備。畢竟身為奇爾博塔商會的都帕里，我得做一套不會讓自己丟臉的正裝才行。

……因為在工坊裡頭，我編織髮飾的手藝雖然高超，但裁縫卻只是普普通通。

雖然在珂琳娜夫人工坊裡的普通，到了老家一帶，其實算是很厲害的了。但是，人外有人，天外有天，現實是殘酷的。我若想為羅潔梅茵大人縫製衣服，並沒有那麼容易。儘管我很想撥出時間練習裁縫，但總是不由自主優先製作髮飾。因為專屬髮飾工藝師這個身分是唯一能與羅潔梅茵大人說上話的機會，我不想讓給任何人。

「那時候媽媽就跟我說了附近同齡女孩的情況，也問了我對結婚對象有沒有什麼要求。雖然說實話我還不想考慮結婚，但在我們家那一帶，有的人都已經訂婚了，再不然就是已有戀人，這些都很稀鬆平常吧？」

「嗯，商會那邊跟我們家那一帶相比，情況確實差很多。」

看到路茲帶著苦笑同意，我不禁鬆了口氣。因為奇爾博塔商會的都帕里與都帕里學徒，沒有一個人是城南的貧民區出身。雖然大家對我都很親切，但在細節上發現出身與習慣的差異時，總會讓我感到自卑。可是與此同時，我們也因為已經進入商人的世界裡好幾年了，時常對老家一帶的做法感到抗拒。能對這點產生共鳴的，只有處境和我一樣的路茲而已。

「所以那時候我就說了，雖然婚姻大事一般是由父親決定，但如果願意考慮我的感受，那我不想嫁給士兵。之後又聊到如果有人能理解我現在的處境，也願意支持我繼續當專屬髮飾工藝師的話，那大概只有路茲了吧。」

「但我年紀比妳小，沒關係嗎？」

通常女性的適婚年齡是從成年後到二十歲左右，男性則是二十歲前後，因為這時候的收入比較穩定。也因為這樣，多數夫妻都是丈夫會比妻子大三到十歲左右，而妻子年紀比較大的情況則是非常罕見。

「雖然路茲年紀比我小，但是你自己說過，你的結婚資金完全沒問題吧？這件事好像是決定婚事的關鍵。」

「啊，這件事嗎……因為我除了原本的薪水，還有羅潔梅茵大人給的外出津貼，另外在植物紙協會也會拿到紙張的分紅。再加上從春天到秋天我人都在外地，幾乎花不到什麼錢，所以錢就越存越多。」

而且都帕里的生活費幾乎是由商會負擔的，所以很容易存到錢。不僅如此，路茲又因為在外地工作的關係，除了有羅潔梅茵大人給的外出津貼，平常也不用再出入富商階層的店家，因而省下了治裝費用。但我卻要配合身邊的女孩子們買衣服、訂做生活必需品，所以日常開銷相當大。

「我們的婚事真的要就這樣定了？」

「……總比嫁給士兵要好吧。況且路茲不僅清楚我們家的情況，兩家人的感情本來就不錯，所以沒有比你更理想的對象了。」

當然，我對這門婚事並不熱中，但並不是因為對象是路茲，而是我本來就對結婚沒什麼興趣。再者路茲的年紀比我小，就算婚事真的談定了，我們也不會馬上結婚。所以，我反倒很慶幸可以晚一點再去思考結婚這件事，這才是我的真心話。

「但我想問的，是班諾老爺妳打算怎麼辦？」

一提到班諾先生，我的心情再次變得沉重，胸口也隱隱作痛。但是，既然路茲知道我喜歡的人是誰，和他討論時就不可能避開這個話題。

「班諾先生根本看不上我吧，怎麼想都不可能。我們一點也不匹配，我也無法想像結婚以後的生活。就算只是一點小事情，生活習慣也完全不一樣。要是我跟班諾先生結婚，你想我有辦法擔任普朗坦商會的女主人嗎？」

「……我也不好說。妳應該會在一些小事情上經常遭遇挫折，一開始會過得很辛苦吧。而且嫁給了繼承人，就要幫忙管理商會，不可能繼續做現在的工作。」

想也知道會和剛進入商人社會時一樣，有太多事情不懂，每天忙得暈頭轉向吧。再說若嫁給普朗坦商會的老闆，就成了商會的女主人，不再只是奇爾博塔商會裡的一名小裁縫師。旁人也會希望我改到普朗坦商會工作，考慮商會的未來、支持丈夫，多半得辭去髮飾工藝師這份工作吧。就算班諾先生說我可以繼續，旁人的眼光卻會非常嚴苛。

「對吧？不是只要喜歡就能結婚。我當然很仰慕班諾先生，大概也還喜歡著他。可是，我覺得自己已能劃清界線，或者該說是可以冷靜地判斷自己是不可能的。最重要的是，我自己再喜歡，班諾先生也完全沒把我當成是可能的對象。」

我們從來就沒有兩情相悅，也不是戀人。再說了，要是有人問我想不想與班諾先生結婚，比起喜歡與否，我更可以預見到婚後會有哪些摩擦，讓人一想就害怕。那些問題，我一點也不覺得單靠喜歡就能解決。

「但如果對象是路茲，不光是雙方的老家，商人的行事作風你也很了解嘛，所以我沒有任何不滿喔。心裡會有不滿的人，反倒是路茲才對吧？你真的能接受嗎？」

我這麼詢問後，路茲輕輕擺手。

「我爸媽可是舉雙手贊成。畢竟對象是老熟人了，而且要找到跟現在的工作和收入都能匹配的對象，也沒那麼容易吧？他們還要我別錯過娶妳的機會呢……」

「這點我家人也說過。身分階級不一樣，要結婚真的很困難呢，聽說光是結婚的花費和嫁妝，父母就有可能破產。」

不光結婚的時候，包括孩子出生與洗禮儀式等等重要的日子，男女雙方的老家都要準備禮物。但如果要配合奇爾博塔商會或普朗坦商會的都帕里的老家，準備程度相當的賀禮，我們家根本辦不到。

「我當然知道還要考量彼此的家庭環境，但我指的不是這個……而是你明知道我有喜歡的人，這樣也沒關係嗎？」
「既然妳已經整理好自己的心情，那我沒……」
「路茲，難道你都不考慮入贅到某個商會嗎？如果是想迎娶商家的女兒，那一定會遭到大力反對，但應該會有人家想讓你入贅吧？男性的適婚年齡又比女性還要晚，你要是現在就跟我訂婚，以後就沒機會了喔。」
看重門當戶對的商人，不會想把女兒嫁給貧民區出身的路茲吧。但是反之，路茲因為不用有任何顧慮，說不定會有人想把他招為女婿。然而，路茲想也不想就搖頭。
「這我也不可能。入贅以後，就要去對方的商會吧？但我一直以來都是羅潔梅茵大人的後盾，沒辦法在普朗坦商會以外的地方工作。」
當初路茲與梅茵一起造紙後，把做法賣給了奇爾博塔商會，然後又在神殿的工坊造紙，最終在獨立出來的普朗坦商會裡當都帕里學徒。現在還會前往各地，教人怎麼造紙和印刷。這些雖然都是路茲的成果，但在神殿與神官們交流、帶孤兒們去森林這些事情，並不是其他商家需要的能力，而且他也不能隨便透露有關羅潔梅茵大人與印刷業的情報，所以他說自己並沒有什麼利用價值。
「所以跟我結婚也沒關係嗎？」
「坦白說，就和妳說的一樣，也沒有其他人選了吧？我們不僅能像普通親戚一樣跟彼此的父母往來，也能理解對方的職業……」
「是啊。」

我們並不是喜歡對方，而是最穩妥的對象就只有對方而已。

……不過話說回來，我很輕易就能想見，與路茲生活會是什麼樣子呢。

我們誰也不用勉強和逞強，可以繼續像現在這樣，平淡安穩地生活下去吧。

「至於結婚的話，就算你成年了，也可以預留一段兩人都能接受的準備時間。媽媽也說了，全看我們的工作情況……」

路茲每年春天到秋天都要前往遙遠的外地，而且在有很多他領商人來訪的那段時間，我也會忙得不可開交。最主要是我們都尚未成年，我覺得等到成年後，先體驗過了工作上會面臨的轉變，之後再結婚比較好。

「多莉，那妳希望怎麼做？早點結婚比較好嗎？剛才也說過了，我有足夠的錢，所以成年後想馬上結婚也沒問題喔。」

路茲一說完，古妮拉的忠告便閃過腦海：「我明白妳們還不想考慮結婚的心情，但多莉還是早點訂婚比較好吧？」

「嗯……結婚雖然不急，但我希望能早點訂婚。」

「為什麼？」

路茲一臉納悶地反問，我瞬間有點猶豫該不該說。因為一旦告訴路茲，感覺也會傳到父親耳裡去。

「那個，我因為是貧民區出身，好像被當成了可以玩玩的對象。遇到過一些人態度很強勢，而有的人雖然是認真的，但家裡的人卻另有打算，總之一言難盡……」

「啊?!這我怎麼從來沒聽說！」

「因為我找老爺商量以後，他就幫我去警告對方了，所以我本來覺得目前這樣也還好。可是，我畢竟是羅潔梅茵大人的專屬，到了夏天又即將成年，也很擔心他領商人有什麼動作。加上身邊的人都建議，要是我看上奇怪的人就糟了，最好早點訂婚……」

對商人們來說，結婚與訂婚就像是商家之間簽訂契約，如果貿然地想搶走已有婚約在身的人，就會演變成商業公會要出面裁決的大事。由於這麼做有害無利，所以聽說訂了婚以後，就不會有男性再來糾纏，老爺和古妮拉才會催我快點訂婚。

「這種事妳早說啊！該不會妳也沒告訴昆特叔叔吧？要不然他早就催妳訂婚了。」

「這種事情要是告訴爸爸，他一定會變得過度保護，還會不管對象是誰就跟人家吵架，太恐怖了嘛。」

由於工作是士兵的關係，父親動手的速度比動嘴快，實力還很強。真有危險的時候我當然打算拜託他，但如果要告訴他這件事情，必須非常謹慎地傳達正確資訊，否則父親很可能失去理智，後果將不堪設想。大概是一下子就想像到了那幅畫面，路茲「唔……」地語塞。

「我懂妳的擔心，但昆特叔叔雖然恐怖，也比不上羅潔梅茵大人吧？要是妳被怪人纏上，我根本不敢想像她會做出什麼事情來。一旦重要的人發生危險，她就會毫不猶豫地動用自己的權力喔。」

路茲一直被羅潔梅茵大人視為重要的古騰堡成員，他說自己至今已經看過好幾次羅潔梅茵大人向當地的貴族施壓，類似的事情也聽過許多。

這次換我語塞。我那妹妹不管是容易失控的個性，還是深愛家人這一點，都與父親如出一轍。雖然沒有父親那樣的蠻力，但妹妹頂著領主的養女這個身分卻擁有極大的權力，所以更讓人膽顫心驚。

「啊哈哈……家人真是太愛我了呢。」

我搔搔臉頰，從路茲身上別開目光。一想到羅潔梅茵大人說什麼也會保護自己，我就感到無比安心，但又擔心她在生氣與衝動之下，不知道會做出什麼事情來。老樣子，她是個讓人傷透腦筋的妹妹。

「我平常待在這裡的時間不長，那要不要趁現在先訂婚？畢竟聽完這些事情，我實在無法放心。」

「這我當然感激，但會不會太突然了呢？」

「突然歸突然，但也只是訂婚而已，又不是馬上要結婚，應該不用做什麼準備吧？不是一起喝杯酒就好了嗎？我們能不能再請到假，反而才是重點。」

現在路茲和我都很忙，他得為前往克倫伯格做準備，我則是不久後要為羅潔梅茵大人量身。而且為了夏天即將來訪的他領商人，也有大量的髮飾等著製作。

「對喔，媽媽他們會說正式的訂婚等下次回家再說，也是因為不知道我們何時才能休假吧。」

「為免之後遇到麻煩，最好還是在我去克倫伯格之前正式訂好婚約吧？我會找老爺他們商量。」

路茲分別找了奇爾博塔商會與普朗坦商會的老爺商量，也把我可能會遇到的危險告訴父親後，大家一致同意，應該立即訂婚。趁著羅潔梅茵大人外出舉行祈福儀式，路茲便趕在前往克倫伯格之前，在土之日請到了休假。

我也請了假要回家一趟。一路上我與路茲在討論的，都是這件事要怎麼告訴羅潔梅茵大人。

「這件事還是先別告訴羅潔梅茵大人吧。像她之前聽到約翰有了對象以後，明明在場還有很多文官，卻差點忍不住要發問。我可不希望她當著貴族大人的面不停向我們追問，或是在激動下灑出祝福。」

「而且到時候我們也無法專心工作嘛。那等星祭快到的時候再告訴她就好了吧？畢竟如果當天才說，她可能會激動得無法好好舉行儀式，大概要給她三天的時間才能冷靜下來。」

「嗯，是啊。提前三天說的話，她就算興奮到發燒病倒，到了儀式當天身體應該也恢復了，也沒有多餘的時間做些沒必要的事情。」

由於我們兩人的訂婚會維持很長一段時間，便決定等到快結婚的時候再告訴羅潔梅茵大人，不然就是她主動問起時再回答。這個決定我們也會告訴彼此的老爺，請他們幫忙保密。羅潔梅茵大人一興奮起來，就有可能想到什麼新點子，然後往下交代工作，也有可能完全無心工作。最終受害的都是老爺他們，所以想必會很願意保密吧。

「多莉，說到羅潔梅茵大人，她給的護身符妳戴在哪裡了？」

路茲指著自己手腕上的護身符問我。我「啊」地屏住呼吸。

「……我放在寶物盒裡了。因為收到的時候，剛好媽媽也獲准可以去孤兒院長室。

我擔心要是回家報告這件事的時候戴著護身符，爸爸可能會鬧彆扭，所以就先摘下來，收進了房間的寶物盒裡。」

我猜祈福儀式時，父親肯定也會收到羅潔梅茵大人送的護身符，所以打算等到那之後再戴，結果現在完全忘了。

「妳一定要記得戴喔。那是她特地做的，就是不想讓我們遇到危險。」

「我知道，回去以後我會馬上戴起來。」

現在城市裡非常和平，一點也不覺得會用到羅潔梅茵大人給的護身符。但是，既然還特意為我們準備，想必是貴族大人有他們擔心的事情吧。

「你們兩個回來啦。大家都在等你們，那我們快點開始吧！」

一打開家門，最先過來迎接我們的是笑容滿面的卡蘿拉伯母。在她身後，路茲的家人也都到了。有狄多伯父、札薩哥哥他們一家、奇庫哥哥和他的未婚妻，還有拉爾法。

「大餐也準備好了喔。」

母親在爐灶前面回過頭來。這天回家是為了正式訂婚，所以明明家人只是要我「快點進來」，我卻有些緊張。其實要做的事情只是喝一杯酒，我也做好心理準備了，心臟卻跳個不停。

「這下路茲真的變成我的哥哥了吧？」

對於我們要訂婚，最高興的人大概就是加米爾了。他本來就很喜歡常帶繪本和玩具過來的路茲，等到進入普朗坦商會當學徒，路茲也會以姊夫的身分成為他強大的後盾。

這時，拉爾法大力摸了摸加米爾的頭。

「加米爾，不然我來當你哥哥吧？路茲從春天到秋天這段時間都不在，但我隨時能帶你去森林玩喔。」

「咦？我才不要。跟拉爾法比起來，我更喜歡路茲。而且跟你一起去森林的話，我就沒辦法和康拉德還有戴爾克他們一起玩了吧。」

在我們老家附近，沒有人家買得起歌牌當玩具。所以加米爾雖然擁有羅潔梅茵大人送的玩具，但只有去到森林，遇見神殿裡的孩子們時才能一起玩。

「拉爾法，你春天尾聲就要成年了，並且轉去英格工坊吧？到時候可沒有閒工夫陪加米爾去森林喔。你以為自己還是小孩子嗎，我看就連南娜也受不了你！」

眼看拉爾法被加米爾無情拒絕，奇庫哥哥用力拍著他的肩膀哈哈大笑。

……哦～原來拉爾法有個名叫南娜的戀人啊。

看來現在生活周遭的人，有了戀人後都會考慮訂婚或結婚，也都努力著要在成年後轉去其他工坊。明明我們自己沒什麼變，身邊的人卻好像成長許多。

「像嫁妝這些要兩家人討論的事情，由老爸你們決定就好了。除此之外的開銷，我們會自己負責。」

「除此之外還有什麼開銷？」

「我們兩人都是店裡的都帕里，所以有些事情也要配合商會與商人的習俗。但是關於這部分，我們會自己處理。」

路茲與父親還有狄多伯父湊在一起，討論著結婚的花費與婚後的住處等事宜。

「新家最好早點定下來喔，不然有的時候會剛好沒空房。這方面最好動作快。」

聽說札薩哥哥他們訂婚以後，有好一段時間都沒能找到可以當新家的房子，為此傷透腦筋。奇庫哥哥他們倒是很快就找到了。

「啊……我們因為是都帕里，所以只要開口拜託老爺他們，奇爾博塔商會或普朗坦商會上面的空房就能提供給我們。」

「真的假的？可惡！所以我才討厭大店的都帕里……」

札薩哥哥掄起拳頭開始猛鑽路茲的腦袋瓜，但由於路茲的身高快要追上他了，感覺鑽得很吃力。我忍不住笑起來。

「現在我們只是訂婚而已，結婚還是很久以後的事情，所以住處等到快結婚的時候再決定就好了。」

「既然不急著結婚，幹嘛現在馬上訂婚？而且以路茲的年紀，現在就訂婚也太早了吧。就連奇庫哥哥，大家都說他算很早訂婚的了。」

可能是看到路茲比自己早訂婚，拉爾法身為哥哥，自尊心受創了吧。感覺他說話有些帶刺，語氣也很暴躁，像是反對這門婚事。

「拉爾法，是我希望早點訂婚喔。路茲只是答應了我的要求。」

「多莉，意思是妳……」

「好了好了，多莉。不要再閒聊，快點過來吧，酒已經準備好了喔。」

拉爾法正要說些什麼，但我一聽到卡蘿拉伯母的叫喚便回過頭。父親和狄多伯父已經在桌子兩邊面對面坐著了。

「接下來大家可要正經一點。多莉，妳到昆特旁邊去。路茲，你過來。」

卡蘿拉伯母眉開眼笑地說完，「咚」地把木製酒杯放在桌子中央，再把一瓶酒遞給狄多伯父。狄多伯父拿著酒瓶，看著父親說。

「敬路茲與多莉新人生的開始。」

說完，狄多伯父往杯子裡倒了點酒。隨後他把酒瓶遞給父親，要換父親倒酒。父親滿臉不情願地皺眉，邊瞪著路茲邊倒酒。

父親倒完則是換路茲。路茲拿起酒瓶後，也往杯子裡倒酒。據說咕嘟咕嘟地倒進杯子裡的酒，象徵著兩家的約定。而且只有男人才能起誓，我明明也是結婚的當事人，卻只能在旁邊看著。

接著父親拿起倒滿了酒的杯子，灌了一大口後，往路茲舉高酒杯。

「路茲，你要是敢讓多莉傷心難過，我可不會放過你。」

「爸爸，你怎麼到現在了還說這些。」

「昆特，我剛才不是說了要正經一點嗎！」

嚴肅的氣氛頃刻間煙消雲散。面對大家的指責，父親也完全沒有要改變態度的意思，「就因為是這種時候啊。」

父親哼了一聲，「咚」地把酒杯放回桌上，推向路茲。路茲露出苦笑，表情像是在說「我早就料到了」，伸手拿起酒杯。我不禁由衷感到慶幸，幸好自己的結婚對象是早就習慣這種態度的路茲，換作其他男性的家人，肯定因此翻臉。

「我會竭盡所能。」

說完，路茲喝光了杯子裡的酒。這樣一來，我與路茲便正式訂下婚約了。

「恭喜你們訂婚！」屋子裡的所有人都拍手向我們道賀，同時飯菜也開始端上桌。大家手上的酒杯和杯子裡都倒了自己要喝的東西，盤子也在桌面上傳來傳去。宴會正式開始了。

「幸好趕在路茲和商人結婚，或是跑去奇怪的地方之前，就順利與多莉訂婚了。」

「如今訂完婚，暫時就可以放心了。至於要什麼時候結婚，你們兩個自己視工作情況決定吧。」

卡蘿拉伯母與母親高興地發出歡呼，和彼此乾杯。但是，父親依然抓著酒杯一臉心不甘情不願，「我還是無法接受！實在太早了……」

「他們兩個才訂完婚，你又在嚷嚷什麼啊？」

「昆特叔叔，你要是反對這門婚事的話，剛才就別喝那杯酒嘛。冬天的時候不是就談好這件事了嗎？」

「現在抱怨也來不及了吧……有這種岳父還真頭疼啊。路茲，你沒問題嗎？」

卡蘿拉伯母、札薩哥哥與奇庫哥哥都一臉受不了。兩個哥哥的妻子與未婚妻則是面帶微笑，眼神溫柔地看著這一幕。只有拉爾法出聲表示贊同。

「昆特叔叔，我懂你的心情。對象居然是路茲，讓人很難接受對吧？」

「問題不在對象，是時機。現在就談訂婚和結婚，對多莉來說還太早了！雖然我也知道這是沒辦法的事，但就是無法接受！」

父親「碰！」地把酒杯放在桌上。這時，狄多伯父一臉厭煩地看向父親。

「昆特，你好意思說太早……你追求伊娃的時候她才幾歲？訂婚又是幾歲？而且訂了婚以後，不就是你一直叨唸著想早點結婚，所以才……」

「狄多，停！我知道了，我不說就是了……可惡！」

多虧了從以前就認識父親的狄多伯父，至少在這一天，父親的牢騷沒有持續太久便宣告結束。

如今我與路茲已經訂婚，應該就不會再有人來追求我了吧。首先，要趁著休息時間告訴工坊裡的人，說自己正式訂婚了——我這麼心想著前往工坊。

「莉歐妮，早啊。」

「咦？多莉，妳訂婚了嗎？」

然而，明明我什麼也還沒說，莉歐妮卻驚訝地看著我這麼說道。我大吃一驚。

「咦？我是訂婚了沒錯，但妳怎麼知道？」

「因為那個手環是未婚夫送妳的吧？」

我看向莉歐妮指著的手腕，上頭正戴著羅潔梅茵大人給的護身符。經過路茲提醒，昨晚我剛把護身符戴上，但這並不是路茲送我的禮物。

「最近很多人訂婚以後，都會收到飾品喔。都是在模仿商業公會裡跟貴族大人訂婚的那個學徒。妳也知道吧？就是渥多摩爾商會的小姐。」

看來是因為芙麗妲戴著貴族未婚夫送給她的訂婚魔石項鍊，這件事便開始在商人間流行起來。

「貴族大人好像會配合魔力的顏色製作魔石，但平民因為沒有魔力，都是根據對方眼睛或頭髮的顏色，使用寶石製作飾品喔。現在好像還不只項鍊，也會送些手環、戒指和別針等飾品，以免影響到對方工作。」

我頭一次知道商人間有這樣的流行。如果是在芙麗妲訂婚以後才流行起來，那麼應該剛流行不久。

「有了那個飾品，就不會再有奇怪的男人來追求妳了。多莉，太好了呢。」

看著笑容滿面的莉歐妮，我也奮力擠出笑容，低頭盯著自己手腕上的護身符。看來只要戴著這個手環，商人都會以為我已經訂婚了。

……路茲！！早知道我們根本不必急著訂婚！！

我在心裡頭大聲吶喊，但下個瞬間，腦海裡的父親立刻喜孜孜地歡呼：「那婚約就先解除吧！」不行，最好不要多嘴，感覺父親很可能亂來，我決定把這件事埋進心底。

萊蒂希雅視角・

首次參加的祈福儀式

Kazuki Miya's commentary

原本只刊登在網路上的特別短篇。
時間點在第五部 IV 的祈福儀式。
主角為亞倫斯伯罕的領主候補生萊蒂希雅。
明明並非神殿相關人員，
萊蒂希雅卻被要求一同參與祈福儀式。
不同於悲壯地下定決心的萊蒂希雅，
有了正當的理由可以離開亞倫斯伯罕城堡，
斐迪南三人可是摩拳擦掌、容光煥發。

小小幕後筆記

內容描寫了亞倫斯伯罕的貴族對於儀式的看法。在這則短篇裡採到的原料，便是第五部 VI 裡斐迪南送去給羅潔梅茵的土產。

「斐迪南大人說了，要萊蒂希雅大人也一起參加祈福儀式。」

通常進入神殿的，都是雖有貴族血統但沒有貴族身分的人，而儀式更是由神殿負責舉行，所以一般根本不可能由身為領主候補生的我去舉行祈福儀式。斐迪南大人因為在艾倫菲斯特當過神官長，可能很習慣舉行儀式了，但是在亞倫斯伯罕，領主候補生並不負責舉行儀式。

「他要大小姐去舉行儀式嗎?!斐迪南大人到底在想什麼?!我簡直不敢相信他竟提出這種要求！」

我的首席侍從璐思薇塔怒氣沖天地這麼表示後，前來傳話的賽吉烏斯緊抿著唇，低下頭去。賽吉烏斯是斐迪南大人的侍從，也是璐思薇塔的孩子。大概是因為這層關係，每次我與斐迪南大人有事要聯絡彼此，都是由賽吉烏斯居中負責。

「斐迪南大人說了，這樣會比待在城堡裡安全，因為蒂緹琳朵大人似乎打算讓您為基礎魔法供給魔力。」

通常領主候補生會先在貴族院學習如何操控魔力，之後才開始供給，所以還未進入貴族院就讀的我應該不用負責才對。賽吉烏斯於是為一頭霧水的我們進行說明。

他說在艾倫菲斯特，已經受洗的領主候補生都會幫忙舉行儀式和供給魔力，讓領內的土地變得更加肥沃。而蒂緹琳朵大人在貴族院聽說了這件事以後，便宣告也要讓我開始供給魔力。

「然而據斐迪南大人所說，在艾倫菲斯特都是有監護人會從旁協助，並且讓年幼的領主候補生拿著注有魔力的魔石，從釋出魔力開始練習。但是，他無法保證蒂緹琳朵大人或喬琪娜大人會提供一樣的協助，也不清楚兩位是否知道該如何指導。」

從貴族院回來後，蒂緹琳朵大人似乎得知了自己是暫代奧伯的種種事情，看著我的目光比以往還要冰冷。我不認為她會體貼細心地指導我。

「最主要是，能夠進入供給室的只有登記過的領主一族，屆時將只有喬琪娜大人、蒂緹琳朵大人與萊蒂希雅大人三人能夠入內。因此斐迪南大人擔心，您若還未適應便被要求供給魔力，然後在供給室內暈倒，沒有人能進去救您。」

一想到要在近侍無法同行，其他人也進不來的供給室裡與蒂緹琳朵大人面對面，我便心生恐懼，背部也直打寒顫。

「就連尚未舉行星結儀式，還未正式成為亞倫斯伯罕一份子的斐迪南大人，蒂緹琳朵大人也強迫他去舉行儀式。因此斐迪南大人說了，他無法預料自己不在的這段時間，蒂緹琳朵大人是否也會強迫您做某些事情。」

「……是蒂緹琳朵大人強迫斐迪南大人要舉行儀式嗎？」

蒂緹琳朵大人之前還這麼對我們說明：由於奧伯逝世，領內的土地魔力不足，斐迪南大人因為對亞倫斯伯罕的現況感到擔憂，便主動表示願意提供協助。原來實際上並不是這樣。

「一開始接到命令的時候，斐迪南大人還非常吃驚，問道：『強迫來自他領的訂婚對象舉行儀式，是亞倫斯伯罕的行事作風嗎？』還說蒂緹琳朵大人竟把領主一族會出入的艾倫菲斯特神殿，與領主一族避而遠之的亞倫斯伯罕神殿相提並論，實在令他感到意外。非常慚愧的是，因為蒂緹琳朵大人的關係，似乎使得斐迪南大人認為亞倫斯伯罕這裡的常識相當異於他領。」

賽吉烏斯一臉懊悔地說道。他還告訴我們，蒂緹琳朵大人甚至說著：「因為你是下任奧伯的未婚夫嘛。」然後把自己負責的大半公務都推給了斐迪南大人。但是，一般根本不該把那些工作丟給未婚夫。

「為了萊蒂希雅大人的今後著想，您再怎麼感到厭惡不快，最好還是一同參加祈福儀式，讓自己有時間慢慢地習慣如何操控魔力。斐迪南大人便是基於這樣的想法提議同行，但是他也說了，最終還是交由萊蒂希雅大人與母親大人決定。」

據賽吉烏斯說，斐迪南大人已經開始在為祈福儀式做準備了。璐思薇塔露出了左右為難的表情，因為她並不想讓我去舉行儀式，但聽完詳細說明以後，又很難拒絕吧。

這時候，我轉頭看向已然成為自己心靈支柱的白色蘇彌魯布偶。多虧有羅潔梅茵大人的提議，又有斐迪南大人出面請託，那個白色蘇彌魯裡錄有遠在多雷凡赫的父親大人與母親大人的聲音。

蘇彌魯裡還錄有羅潔梅茵大人的聲音，可謂是劃時代的發明。因為現在只要拿出蘇彌魯布偶，播放「偶爾請稱讚萊蒂希雅大人做得很好」這句話，斐迪南大人便會稱讚我說：「妳做得很好。」看著那個布偶，便能感受到羅潔梅茵大人與斐迪南大人都是真心為我著想的人。

「璐思薇塔，那我們去參加祈福儀式吧，最起碼斐迪南大人這麼提議是為了保護我嘛。」

就這樣，我決定帶著近侍們參加祈福儀式。據說蒂緹琳朵大人還下達指示，說為了讓領民知道施予恩惠的是領主一族而不是神殿的人，我們不能穿上神殿的藍色儀式服。因此，我們將穿著代表領主一族的正裝出席儀式。

對於不用換上會被誤認是神殿人員的服裝，璐思薇塔如釋重負。但是，聽說斐迪南大人卻是表示，「她這麼做是為了能向他人辯解，說自己並不是要讓我進入神殿，而且也給予了我領主一族應有的待遇吧。」賽吉烏斯來傳話時向我們轉述了這番話，他說因為要去農村，斐迪南大人建議換上不怕弄髒的衣服。

「他要我在領民面前穿上不怕弄髒的衣服嗎？」

「可是蒂緹琳朵大人已經下令，要您以領主一族的身分參加，若是身穿不怕弄髒的衣服，恐怕不合您的身分吧。」

與璐思薇塔商量過後，第一天我還是穿著符合領主一族身分的正裝前往農村。

……結果真是失策。到了農村以後，我才明白斐迪南大人的用意。

因為農村的地面並未鋪有白色石板，我們只能直接走在泥土地上。這還是我平生首次走在連草皮也沒有的泥土地上，不僅鞋跟會陷進軟爛的泥地裡，還會踩到藏在底下的硬石頭，難走之外鞋子也沾滿泥巴。要是遇上壞天氣，衣服還會被雨淋溼，濺起的泥巴布滿裙襬。璐思薇塔一邊洗淨，一邊哀嘆正裝都被泥巴弄得髒兮兮的了。

……從明天開始，還是換上不怕弄髒的衣服吧。

到了農村，斐迪南大人會以魔力盈滿向神殿借來的大聖杯，然後把裡頭的魔力分給農民。首次見到的儀式與神具全都美得令人屏息，同行的貴族們也都沒有見過在領內舉行的儀式，因此紛紛發出讚嘆。

每天我們都要前往四處農村，並且在最後抵達的冬之館過夜。除了廚師與侍從是坐馬車，其他人都是坐著騎獸移動，行程非常忙碌緊湊。但斐迪南大人說了，只有這麼安排，才趕得及前往亞倫斯伯罕的所有直轄地。

「不過，平民的衣著跟貴族差好多呢。看到大多數人的衣服都破爛又髒兮兮的，真是教我大吃一驚。大家平常都不沐浴淨身嗎？」

晚餐席間，我向斐迪南大人問了許多問題。因為這是我第一次離開城堡，對任何事物都感到新奇。

「這次的儀式因為會有領主一族出席到場，他們應該已經打扮得比平常要乾淨整齊了。不過，衣衫襤褸的程度確實更甚於艾倫菲斯特的農民，看得出來亞倫斯伯罕的農民生活非常貧困。」

斐迪南大人回答了我各式各樣的問題。席間最後，他看向在場眾人說：「從明天開始，為了為亞倫斯伯罕的直轄地供給魔力，請護衛騎士以外的所有人也要提供協助。」

「咦？」

「我們也要舉行儀式嗎？」

餐廳內的眾人發出訝叫，斐迪南大人則是微微挑眉，面露驚訝地看著眾人。

「莫非不光是蒂緹琳朵大人，各位也認為應該要由仍是艾倫菲斯特貴族的我，獨自為亞倫斯伯罕的所有直轄地供給魔力嗎？」

對於蒂緹琳朵大人強迫還是他領貴族的斐迪南大人舉行儀式，近侍們一直批判她行事變橫又不講道理，所以這時候根本說不出口自己不想參加儀式。於是從隔天開始，侍從與文官半是被迫地參加祈福儀式。

包括斐迪南大人在內，臺上共有七人將手置於偌大的聖杯邊緣。負責詠唱禱詞的雖然是斐迪南大人，但他說只要伸手觸碰聖杯，就可以所有人一起奉獻魔力。

「璐思薇塔，妳還好嗎？」

「只是魔力消耗過度而已，大小姐。」

儘管會與其他文官還有侍從輪流，但一天之內畢竟舉行了兩次儀式，璐思薇塔的臉色看來非常疲憊。然而相比之下，斐迪南大人卻是一天內舉行了四次儀式後依然面色如常，他甚至一派鎮定地說：「在習慣奉獻魔力之前，會對身體造成很大的負擔吧。」即將成為我養父的人，似乎超出我想像的了不起。

明天我也要拿著注有魔力的魔石參加儀式，但自己真能順利完成嗎？即便斐迪南大人說：「就連艾倫菲斯特的青衣神官們也辦得到，妳一定沒問題。」但我心頭還是籠罩著強烈的不安。

第一次參加儀式，我拿著注有斐迪南大人魔力的魔石，觸碰聖杯邊緣上的小魔石。

「請使力把魔石裡的魔力推向聖杯。」斐迪南大人一邊這麼指導，一邊把手按在我的手上。那隻冰涼的大掌像是要困住我，不讓我臨陣脫逃。

「帶來治癒與變化的水之女神芙琉朵蕾妮，侍其左右的十二眷屬女神啊，請為不再受生命之神埃維里貝之禁錮，令姊妹神土之女神蓋朵莉希，賜予祂孕育新生命的力量。」

斐迪南大人開始朗誦禱詞。與此同時，我感覺到了有不屬於自己的魔力從魔石倒流而來，於是我用力把魔石按在聖杯邊緣的小魔石上，努力把魔力推往另外一邊。

「可以了。」

沒多久，手裡的魔石突然被抽走，我猛然抬起頭來，發現儀式已經結束了。但是緊接著，我也感覺到自己的腦袋天旋地轉，眼前像是有光點在明滅閃爍。襲來的不適讓我按住了頭，一時間整個人完全無法動彈。

「萊蒂希雅大人，失禮了。」

護衛騎士將我抱起來，讓我坐到騎獸上。聽說很多人第一次供給魔力後都會動彈不得，這是很稀鬆平常的事。

當天由於多數近侍都消耗了過多魔力，隔天便決定先不去舉行儀式，而是讓大家在喝完藥水後休息一天，慢慢恢復魔力。其實我本還以為斐迪南大人會要求我們得和他一樣，緊接著隔天繼續舉行儀式，所以接到通知時真是如釋重負。

……要我每天都奉獻魔力，根本是不可能的事情嘛。

喝完璐思薇塔拿來的回復藥水，我正在休息時，賽吉烏斯前來探視。

「萊蒂希雅大人，您身體還好嗎？第一次供給魔力想必讓您非常疲憊吧？」

「是啊，我身體現在還使不上力氣呢。」

「原本蒂緹琳朵大人就是想強迫您做這樣的事情，而且還不提供魔石。」

切身經歷過魔力供給會對身體造成多大的負擔以後，我也清楚明白到了蒂緹琳朵大人原本想強迫我做的事情有多危險。要不是斐迪南大人阻止了蒂緹琳朵大人……要不是我一起來參加祈福儀式……光想像我就不寒而慄。

「若您覺得魔力的恢復速度太慢，請喝這個藥水吧。這是斐迪南大人特製的回復藥水，雖然味道極難入口，但是非常有效。」

賽吉烏斯告訴我，在我們出發來舉行祈福儀式之前，艾倫菲斯特送來的行李中有大量的回復藥水。

「行李當中也有羅潔梅茵大人的來信，她還在信上提醒斐迪南大人，說發配藥水時別忘了這種藥水的味道十分可怕，會讓第一次喝到的人誤以為是存心刁難。昨晚我也喝過，確實不好入口，但根據羅潔梅茵大人的信上所言，這款藥水還已經是改良過的，原本還有味道更加駭人的回復藥水。」

而且羅潔梅茵大人似乎也曾每天都喝這種回復藥水，在艾倫菲斯特舉行祈福儀式。

……羅潔梅茵大人的身體會那麼虛弱，該不會是因為舉行儀式的關係吧？

我好奇地喝了一口賽吉烏斯帶來的回復藥水，發現真的是難以下嚥。不僅有強烈的藥草味湧上鼻腔，味道還苦得令舌頭發麻。

「居然還有味道比這更可怕的回復藥水嗎……」

領主一族竟然要一邊喝這種回復藥水，一邊舉行儀式，艾倫菲斯特究竟是怎樣一個領地？我實在無法想像。

「那麼斐迪南大人今天在做什麼呢？」

「大概是很習慣舉行儀式了，來自艾倫菲斯特的三人絲毫沒有疲倦的樣子，帶著數名並未參加儀式的護衛騎士出去採集原料了。由於他們外出時必須要有亞倫斯伯罕的貴族

陪同，所以這次是由騎士同行。」

「採集原料嗎？」

始料未及的答案讓我愣愣地注視賽吉烏斯。採集原料都要狩獵魔獸、討伐魔樹，可以說是騎士的專長。雖然我也聽說過想要珍貴原料的文官會自己去採集原料，但一般領主候補生根本不會趁著儀式期間去做這種事。

「斐迪南大人說難得有空閒時間，他想有效運用。雖然他也邀請了我，但一想到明天開始還要舉行儀式，我實在提不起勁出門。甚至鬥志最為高昂的還是侍從尤修塔斯，我若在艾倫菲斯特，恐怕完全無法勝任侍從的工作吧。」

賽吉烏斯望著遠方這麼說道。並非騎士也並非文官的侍從竟然帶頭去採集原料，真教人不敢置信。難道是因為每年的儀式期間都跟著斐迪南大人東奔西跑，所以即便是侍從，身體也在鍛鍊下變得非常強健嗎？

而後，似乎每到安排休息的日子，來自艾倫菲斯特的三人便會外出採集原料。因為晚餐與早餐席間，我聽見了與三人同行的騎士們的對話。

「真沒想到竟然能採到培禮諾之花。」

「因為這種花只在芙琉朵蕾妮之夜盛開，居然碰巧能遇上，實在教我吃驚。」

竟然這麼巧採到了珍貴的原料——與三人同行的護衛騎士顯得驚喜萬分。

「我還是第一次聽說培禮諾之花，這是什麼花呢？」

開口為我解惑的，是神采飛揚的尤修塔斯。他說明完後，斐迪南大人接著告訴我這種花可以製成怎樣的魔導具和藥水。看到在場眾人皆一臉佩服地聆聽，我想這項原料應該不是騎士們主動表示想採集的。發現反而是來自艾倫菲斯特的三人更了解亞倫斯伯罕有哪些原料，我感到有些不可思議。

「那個，斐迪南大人，您外出是為了採集培禮諾之花嗎？」

我這麼詢問後，斐迪南大人忽然揚起微笑，緩慢地搖搖頭。

「只是碰巧罷了，萊蒂希雅大人。我們原本的目標是取得安契的魔石。」

「是啊，若不是剛好那群安契跑進了培禮諾的生長區域，我們也無法採到培禮諾之花，真可謂是神的指引呢。」

「而且只要我們再晚到一點，花朵就枯萎了，時機可以說是非常湊巧。」

尤修塔斯與艾克哈特也都面帶微笑這麼說道。可是，我記得尤修塔斯剛剛才說過，安契最喜歡的就是培禮諾的花蜜。總覺得我們是在艾倫菲斯特三人的誘導下，來到這裡採集培禮諾之花。難道是我的錯覺嗎？

……該不會他們早就事先調查清楚，決定好了要在哪裡休息？

感覺自己彷彿走在斐迪南大人精心設計好的棋盤上，我內心生出一絲恐懼。

後記

大家好久不見了，我是香月美夜。

非常感謝各位購買本作，《小書痴的下剋上：為了成為圖書管理員不擇手段！短篇集Ⅱ》。

《小書痴的下剋上　短篇集Ⅱ》終於出版發行，內容收錄了到第五部Ⅳ為止的未收錄特別短篇與特典短篇。雖然很久以前就有電子書派的讀者希望能夠發行，但特典短篇若沒有累積到一定的數量便無法出版成冊，所以真是讓各位久等了。收集到了足以發行成冊的份量後，驀然發現自己也寫了這麼多呢。

將特別短篇集結成書時，便能加上椎名優老師美麗的插圖。要是能所有短篇都有一張插圖就太好了，只可惜我還是得挑出其中幾篇，所以為此傷透腦筋。特典短篇基本上都是以他人為視角，因此黑白插圖裡很少出現羅潔梅茵，但平民、神殿人員、貴族、近侍與王族等等，各式各樣的角色都有機會露面，這也是短篇集的樂趣所在。

這次舊薇羅妮卡派的貴族巴托特，椎名優老師還是第一次畫到，只不過角色形象是由負責第四部漫畫的勝木光老師進行設計。

由於內容從第二部涵蓋到第五部Ⅳ，封面便畫了見習青衣巫女時期的梅茵與就讀貴族院三年級時的羅潔梅茵，兩人手中都拿著植物紙做成的書籍；彩色拉頁海報則是已有人物設計圖的各則短篇主角。儘管嘴上說著「這次的登場人物怎麼還是這麼多」，但椎名老師依然把所有人物都畫了進來，實在教人欽佩。一如既往的可愛四格漫畫同樣不容錯過。真是感激不盡。

《小書痴的下剋上》第三季動畫將從四月開始播出，除了會動的梅茵等人，還能欣賞到椎名老師與其他繪師所繪製的片尾卡片，請一定要在螢幕前守到最後一刻喔。

最後，要向購買本書的各位讀者獻上最高等級的謝意。

三月十五日將發行漫畫版第三部第五集，四月一日則是Junior文庫的第二部第四集，九日是第五部Ⅷ＆廣播劇ＣＤ７，十五日是漫畫版第二部第七集。期待屆時再相會。

二〇二一年十一月　香月美夜

每回都出場的
卷末漫畫
輕鬆悠閒的家族日常
作畫 椎名優
好好喔，多莉很快就成年了。
盯
很不自在耶
路茲也到了會在意女孩子的年紀嘛。
很遺憾，歐托。這還要不久之後才會發生。
賊笑
賊笑

妳若能得到羅潔梅茵大人的支持，
不如把哈特姆特大人招為妳的夫婿吧？
不行。
到這種地步？
您想這樣的人能夠輔佐基貝・葛雷修嗎？
轟隆隆隆
不！絕對不可能！

母親大人，您聽我說。哈特姆特是羅潔梅茵大人至上主義者，
而且對她的崇拜已經到了異於常人的地步。
閃亮—
羅潔梅茵
教信徒

……所以哈特姆特大人不行嗎？
直接
絕對不行!!

同人活動

平常就像姊姊，時而又像母親，
艾薇拉非常可靠。

但是面對這種情況，我該如何應對才好呢？
至少要讓斐迪南大人在書中得到幸福

「二次創作」

咦？
但因為沒有「腐」的成分，一般讀者應該都能接受喔？
啊，不過，因為角色的性別改變了，也可能有人不喜歡吧。
羅潔梅茵說的話我一個字也聽不懂。

拉爾法理論

扣住
路茲！

聽好囉，我絕不允許你讓多莉傷心哭泣，
知道了嗎？
啊？？

拉爾法，你不是已經有南娜了嗎？
反對暴力
哼

這跟那是兩回事！
簡直莫名其妙！
南娜
移動

國家圖書館出版品預行編目資料

小書痴的下剋上：為了成為圖書管理員不擇手段！. 短篇集，II / 香月美夜著；許金玉譯. -- 初版. -- 臺北市：皇冠文化出版有限公司, 2023.8
面；　公分. --（皇冠叢書；第 5112 種）(mild；50)
譯自：本好きの下剋上 司書になるためには手段を選んでいられません. 短編集 II

ISBN 978-957-33-4052-2(平裝)

861.57　　　112011089

皇冠叢書第 5112 種
mild 50

小書痴的下剋上
爲了成爲圖書管理員不擇手段！
短篇集 II

本好きの下剋上
司書になるためには
手段を選んでいられません
短編集 II

作　　者—香月美夜
譯　　者—許金玉
發 行 人—平　雲
出版發行—皇冠文化出版有限公司
台北市敦化北路 120 巷 50 號
電話◎ 02-27168888
郵撥帳號◎ 15261516 號
皇冠出版社（香港）有限公司
香港銅鑼灣道 180 號百樂商業中心
19 字樓 1903 室
電話◎ 2529-1778　傳真◎ 2527-0904
總 編 輯—許婷婷
責任編輯—張懿祥
美術設計—嚴昱琳
行銷企劃—蕭采芹
著作完成日期— 2021-22 年
初版一刷日期— 2023 年 8 月

法律顧問—王惠光律師

讀者服務傳真專線◎ 02-27150507
電腦編號◎ 562050
ISBN ◎ 978-957-33-4052-2
Printed in Taiwan
本書特價◎新台幣 299 元 / 港幣 100 元